*Zum Buch:*

„Vine & Coffee Lounge – Lance & Jules" ist der Auftakt der Story-to-go-Reihe mit in sich abgeschlossenen Liebesgeschichten, die in einem angesagten Lokal spielen oder zumindest dort beginnen.

In der Vine & Coffee Lounge treffen unterschiedliche Menschen aufeinander. Der Inhaber Lance und seine Angestellten Sam, Charlene sowie Dylan beobachten diese Begegnungen.

In dieser Geschichte entwickelt Lance Interesse für einen weiblichen Gast. Ob dies auf Gegenseitigkeit beruht und wie seine Mitarbeiter darauf reagieren, erzählt die Story um Lance & Jules.

*Zur Autorin:*

Mareile Raphael wurde im Norden Niedersachsens geboren und lebt dort bis heute.
Geschrieben hat sie schon seit ihrer Jugend, anfangs zumeist Kurzgeschichten. Der Mut für eine längere Geschichte kam erst 2014 und so entstand schließlich ihr erster Roman „Schicksalhafte Begegnungen – Fateful encounter". Mit der Story-to-go-Reihe wagt sie den Schritt in weitaus weniger dramatische, aber ebenso spannende Geschichten.

Informationen über die Autorin und ihre jeweils aktuellen Projekte findet man auf ihrer Facebook-Seite.

# Vine & Coffee Lounge

## Lance & Jules

Mareile Raphael

1. Auflage Dezember 2016

Copyright © Mareile Raphael

Covergestaltung: pro_designx / prodesignsx

Bild: Laifalight / Shutterstock

Lektorat + Korrektorat: Schreibservice More

ISBN: 1540387909
ISBN-13: 978-1540387905

# WIDMUNG

Diese Geschichte widme ich einem besonderen Menschen,
den ich mit Anfang 20 kennenlernen durfte, aber leider in
den letzten Jahren aus den Augen verloren habe.
Ich wünsche Dir, dass Du irgendwann dieses besondere
Gefühl in Dir wiederentdeckst. Dann wirst Du wissen,
dass auch Du schon geliebt hast und Enttäuschungen sowie Vertrauensbruch eines anderen Menschen nicht alles
nur noch Grau in Grau erscheinen lassen.

# KAPITEL 1

Mein Blick schweift aus dem Fenster zu der Birke, die zwischen den Parkbuchten des Restaurants und dem Gehweg in die Höhe ragt. Die dünnen Zweige wiegen sich im Wind. Ich bilde mir ein, das Rascheln der Blätter zu hören.

Plötzlich macht es ›klack‹ und das Weinglas, an dem ich herumpoliere, besteht aus zwei Teilen. Verdammte Unkonzentriertheit! Fluchend werfe ich das Glas in den Mülleimer, greife nach dem nächsten. Wie gut, dass morgen Ruhetag ist, sodass ich einen Tag ausspannen kann.

Mein Restaurant »Vine & Coffee Lounge« hat sich von Anfang an als Goldgrube und Publikumsmagnet herausgestellt. Dabei hat mich die Konkurrenz zu Beginn nur milde belächelt. Einige Freunde wollten mir die Idee sogar ausreden. Die Mischung von kleinen Snacks aus frischen Zutaten, mit Kräutern sowie hochwertigem Essig und Öl gewürzt, zur Mittagszeit; Kaffeespezialitäten am Nachmittag; abends erlesene Weine und Cocktails würde niemals aufgehen, haben alle prophezeit. Doch ich habe an diesem Traum festgehalten und das Konzept ist aufgegangen. Die Bohnen für das Frühstücksangebot mit dem Coffee to go und das Nachmittagsgeschäft inklusive der selbst zubereiteten Kuchen werden vor den Schichten frisch gemahlen. Das Pulver ist damit nie älter als zwölf Stunden, was sich beim Aroma bemerkbar macht. Die Qualität der Bohnen-Mischungen, die ich erwerbe, ist hochwertig – auch das schmeckt man heraus.

Das alte Gebäude mit dem kühlen Weinkeller hat sich

zudem als Glücksgriff erwiesen. Auf grelle Werbung aus Neonlicht habe ich verzichtet, weil es das Gesamtbild stören würde. Stattdessen wird die Hauswand von alten Straßenlaternen angeleuchtet, was zum Flair passt und genau das Publikum aus jungen aufstrebenden Leuten anzieht, welches ich mir erhofft habe. Yuppies und Jungunternehmer, die kein Problem damit haben, einen angemessenen Preis für ausgefallene hochwertige und frische Zutaten zu zahlen. Die zwölf Tische sind häufig durchgehend besetzt, trotzdem ist die Bedienung zu zweit gut zu schaffen. In der Küche werkelt jeweils nur ein Koch, der den Personalbestand abrundet.

Ich liebe die Lokalität – es war die beste Entscheidung, die ich bisher getroffen habe – aber die freien Tage sind rar geworden. Ich sehne mich nach Abwechslung und Entspannung.

Für diese Gedanken ist keine Zeit mehr, nachdem die ersten Abendgäste den Weg ins Lokal gefunden haben. Sam flitzt zwischen den Tischen hin und her, nimmt Bestellungen auf, reicht diese letztlich an mich weiter. Ich kümmere mich um die Getränke, informiere den Koch über die gewünschten Süßspeisen und Snacks, die allesamt selbst zubereitet werden. Sogar die Cookies sowie Muffins sind aus eigener Herstellung und daher immer frisch. Ein reibungsloser Ablauf, den wir eingespielt bewerkstelligen.

Meine Konzentration wird allerdings gestört, als eine rassige Rothaarige durch die Tür kommt. Sie schüttelt ihre Löwenmähne, fährt sich mit der Zunge über die Lippen und streicht den Rock glatt. Ein kurzer Rock, der ihre langen schlanken Beine perfekt zur Geltung bringt. Ich habe Mühe, einen anerkennenden Pfiff zu unterdrücken.

Sam starrt sie ebenfalls ein paar Sekunden lang an und setzt dabei sein Strahlelächeln auf.

›Aufschneider!‹, schießt es mir durch den Kopf. Trotzdem beobachte ich weiter fasziniert jede Bewegung der feurigen Lady. Sie sieht sich im Restaurant um und schreitet zu einem Tisch hinüber, an dem bereits eine Frau sitzt. Diese ist das totale Gegenteil der Rothaarigen: Blond, mit streng zurückgebundenen Haaren, dezent geschminkt, in legerer Kleidung. Sie ist hübsch, ohne Zweifel, aber neben ihrer Tischnachbarin geht sie vollkommen unter. Die beiden begrüßen sich mit Küsschen links und rechts auf die Wangen, verfallen danach sofort in ein angeregtes Gespräch. Mein Angestellter, der an ihren Tisch eilt und nur Augen für die Rothaarige hat, wird zunächst gänzlich ignoriert. Ich grinse in mich hinein.

»Wow«, entfährt es ihm, als er mir den Zettel mit der Getränkebestellung hinlegt. »Was für eine Frau.«

»Die Blondine?«, hake ich unschuldig nach. Sam runzelt die Stirn.

»Blond?« Er sieht mich irritiert an. »Was für eine Blondine?«

Ich ziehe vielsagend die Augenbraue hoch. Mit dem Kopf nicke ich in Richtung des Tisches, an dem die beiden Frauen sitzen.

»Spinner«, kommentiert Sam meine Bemerkung und boxt mir in die Seite. »Kein Wunder, dass du keine Freundin hast. Dir fallen die Rasseweiber nicht einmal auf, wenn sie direkt vor deiner Nase hocken. Ich wette einen Fünfziger, dass der Rotschopf heute Abend noch abgeschleppt wird.«

»Notfalls von dir?«

»Das Opfer könnte ich natürlich bringen«, spottet Sam

mit einem Augenzwinkern.

Kopfschüttelnd, aber ohne auf das Wettangebot einzugehen, kümmere ich mich um die Getränke für die Ladys. Ein Glas Chablis des Jahrgangs 2014 und einen Cosmopolitan hat Sam notiert. Ich frage mich beim Zusammenstellen unwillkürlich, welche der beiden Frauen so einen exquisiten Weingeschmack hat. Gespannt verfolge ich daher, wie Sam die Getränke an den Tisch bringt. Das blonde Mauerblümchen bekommt den Wein, der Cosmopolitan geht an die Rothaarige.

›Passend zu den Haarfarben‹, denke ich noch, ehe ich mich um die weiteren Bestellungen kümmere.

Der Laden wird immer voller. Ich nutze die Chance, den Ladys ihr Essen zu servieren. Sehr zum Verdruss von Sam, der den Augenblick verpasst hat, rechtzeitig nach den Tellern zu greifen. Mit einem triumphierenden Blick in seine Richtung platziere ich die Gerichte auf dem Tisch. Pissaladière für das Rasseweib, einen Salat mit einem Hauch Cheddar und noch weniger Dressing für die schüchterne Blondine, die mich kaum ansieht. Das rote Leuchtfeuer sucht dagegen immer wieder Augenkontakt. Sie kneift die Lider zusammen und starrt auf den Namenszug an meinem Poloshirt.

›Nanu, die Dame scheint kurzsichtig zu sein und ist offenbar zu eitel für eine Brille‹, stelle ich amüsiert fest. Dabei könnte ein schickes Gestell den feinen Gesichtszügen nicht das Geringste anhaben.

»Lance«, raunt die Freundin ihr zu, die den Schriftzug entziffert hat.

›Diese tiefblauen Augen haben also einen scharfen Blick‹, resümiere ich mit einem freundlichen Lächeln. Doch das kommt bei der Blondine nicht an, weil sie sich sofort abwendet, als ich zu ihr schaue.

»Vielen Dank, Lance«, flirtet ihre Tischnachbarin mich dagegen an. Lasziv fährt sie sich mit der Zunge über die Lippen.

»Ich wünsche den Damen einen guten Appetit und hoffe, dass alles zu Ihrer Zufriedenheit ist. Ansonsten scheuen Sie sich bitte nicht, uns anzusprechen«, spule ich meinen üblichen Spruch herunter. Wie gut, dass der so einstudiert ist, denn ich merke, wie meine Hose unter der langen Schürze eng wird.

›Holla, wann ist mir das zum letzten Mal mitten im Restaurant passiert?‹

# KAPITEL 2

Die Hektik der Bestellungen nimmt so langsam ab. Es ist weit nach 22 Uhr, zu dieser Zeit werden fast nur noch Getränke bestellt. Die meisten Gäste sind versorgt. Sam bekommt es momentan locker alleine hin, die Wünsche aufzunehmen, zusammenzustellen und zu servieren. Das verschafft mir eine kleine Pause, die ich dazu nutze, mich an den großen Kühlschrank zu lehnen. Mein Blick wandert durch das Lokal, bleibt unwillkürlich an IHR hängen. Ich könnte schwören, dass sie inzwischen einen weiteren Knopf ihrer Bluse geöffnet hat. Die rote Mähne liegt hinter den Schultern, sodass ich freie Sicht auf den Brustansatz habe. Ihre helle Haut hebt sich kontrastreich von dem schwarzen, eng anliegenden Oberteil ab. Als sie sich ein wenig nach vorne beugt, kann ich sogar den Spitzenbesatz ihres bordeauxfarbenen BHs erkennen.

Plötzlich steht sie auf und geht in Richtung der Toiletten. Meine Augen folgen ihr ganz automatisch – es sind nicht die Einzigen. Der Rotschopf ist sich der Aufmerksamkeit der Männer an den anderen Tischen durchaus bewusst, das zeigt ihr Gang deutlich. Aufreizend streicht sie mit den Händen von den Hüften abwärts über ihren Rock. Nicht nur ich erfreue mich an diesem Schauspiel.

Wenige Minuten später kehrt sie zurück und kommt direkt auf mich zu. Ohne Scheu betritt sie den Bereich hinter der Theke, um dicht vor mir stehen zu bleiben. Ihre Augen scannen ungeniert meinen Körper von unten nach oben, bis unsere Blicke sich treffen. Die Zunge fährt über die frisch geschminkten Lippen.

»Ich könnte deine Hilfe gebrauchen«, raunt sie mir zu.

»Gerne, wobei?«

»Das zeige ich dir im Damenbereich der Toiletten«, erwidert sie und greift nach meiner Hand.

Ohne Gegenwehr lasse ich mich von ihr durch das Lokal zu den sanitären Anlagen führen. Vor der Damentoilette verharrt sie einen Moment und wirft mir einen kurzen Blick über die Schulter zu. Ihre Augen schimmern in dem gedämpften Licht des Flurs türkisfarben.

Sie öffnet die Tür und ich schicke ein Stoßgebet zum Himmel, dass keine andere Frau in dem Raum ist, die sich von meinem Eintreten belästigt fühlen könnte. Ich habe Glück, der Vorraum mit den Waschtischen ist leer. Blitzschnell überprüfe ich die Ausstattung, aber alles ist sauber, vollständig und an seinem Platz.

»Wie kann ich helfen?«

Mein rothaariger Gast setzt einen schelmischen Gesichtsausdruck auf. Erneut fährt sie sich mit der Zunge über die Lippen. Ihre Augen glänzen verheißungsvoll, als sie mich am Kragen packt und zu sich zieht. Meine Hände legen sich wie hypnotisiert um ihre Taille. Im nächsten Moment presst sie die Lippen auf meinen Mund und ich spüre ihre feuchte Zungenspitze, die zum Spiel einlädt. Eine Einladung, die ich nur zu gerne annehme.

Der Kuss, die Art wie sie meine Mundhöhle erforscht, dabei meine Zunge herausfordert, schießt mir direkt bis in den Lendenbereich. Mit den Fingerspitzen fahre ich ihren Rock entlang, bis ich den Saum erreicht habe. Ich umfasse ihn, um den Stoff nach oben zu schieben. Sie lässt es geschehen, drängt sogar ein Bein zwischen meine und reibt sich an mir. Ein Stöhnen entfährt mir. Das weiche Gewebe ihres Rockes bauscht sich inzwischen um ihre Taille, ich taste nach dem Slip. Meine Fingerspitzen suchen ihre Haut ab, werden jedoch nicht fündig. Jesus, sie trägt unter diesem aufreizenden Stückchen Stoff nicht einmal einen Tanga.

Schwer atmend beendet sie unseren Kuss und wirft den Kopf mit einem Stöhnen zurück. Ihr restlicher Körper ist weiterhin an meinen gepresst.

»Setz mich auf den Waschtisch«, haucht sie mir zu.

Eine Aufforderung, der ich sofort nachkomme. Mit beiden Händen umfasse ich ihren Hintern, hebe sie ein Stück an und schiebe sie auf die kühle Platte aus Marmor. Dabei trete ich zwischen ihre Beine, die sie entgegenkommend für mich öffnet.

Mit meinen Händen fahre ich höher und fange an, die restlichen Knöpfe ihrer Bluse zu öffnen. Der fließende Stoff fällt bereitwillig zu Seite, je weiter ich nach unten vordringe. Jetzt trennt mich nur noch der bordeauxfarbene Büstenhalter von ihren Brüsten. Die Finger der Rothaarigen umfassen meine Hände, führen sie über ihren Körper. Die linke landet an ihrem Busen, wo mein Daumen sofort dafür sorgt, dass der Brustwarze Aufmerksamkeit geschenkt wird. Rau reibe ich über den Stoff und spüre, wie sich der Nippel aufrichtet. Meine rechte Hand schiebt sie zwischen ihre gespreizten Beine. Ihre Mitte ist feucht und warm, lädt mich geradezu ein. Ich schiebe den Zeigefinger in sie hinein, lasse ihn genüsslich kreisen. Meine Gespielin seufzt entzückt auf und lehnt sich zurück, sodass ihre Schultern die Spiegelwand hinter dem Waschtisch berühren.

Mein Finger fährt vor und zurück, rein und raus, hin und

her. Dabei schicke ich ihn tief in die Öffnung, um nach dem empfindsamen Punkt in ihrer Vagina zu suchen. Als ich ihn finde, stöhnt sie laut auf und schiebt mir das Becken entgegen. Ich nehme auch den Mittelfinger zur Hilfe, verschaffe ihr so noch mehr Lust. Ihre Beine fangen leicht an zu beben, als mein Handballen immer wieder ihre Klitoris touchiert. Der Rotschopf richtet sich schwer atmend auf. Mit einem aufreizenden Lächeln fängt sie an, unter meiner Kellnerschürze am Gürtel zu nesteln. Nur Augenblicke später hat sie ihn geöffnet und lässt den Knopf meiner Hose folgen. Das ratschende Geräusch des Reißverschlusses, der heruntergezogen wird, hört sich verheißungsvoll an.

In Erwartung ihrer Hand, die gleich meinen Schaft umfassen wird, schließe ich die Augen.

»Boss,«, ertönt es in diesem Moment neben mir, »hey, Lance.« Jemand berührt meinen Oberarm, ich zucke zusammen. Widerwillig öffne ich die Augen und blicke zur Seite. Neben mir steht Dylan, der Chefkoch der Lounge. Verwirrung macht sich bei mir breit, als ich die Umgebung um mich herum wahrnehme: Die Theke, die Regale mit den Gläsern, die Halterungen, in denen die Flaschen kopfüber hängen.

»Du warst ja meilenweit weg mit deinen Gedanken«, kommentiert Dylan meinen irritierten Ausdruck. »Ich habe dich dreimal angesprochen. In welchen Sphären hast du dich denn herumgetrieben?«

Meine Augen wandern an ihm vorbei zu dem Tisch, an dem das Rasseweib noch immer mit ihrer blonden Freundin sitzt. ›heilige Scheiße, ich habe nur geträumt, aber was für eine sexy Vorstellung!‹

»Was ist los?«, frage ich meinen Koch.

»Feierabend ist los, Boss. Ich wollte nur Bescheid sagen, dass ich jetzt gehe.«

Ich schaue auf meine Uhr; bemerke, dass es bereits 23 Uhr ist, und nicke. »Danke, Dylan, schönen Feierabend. Wir sehen uns übermorgen.«

Der Koch geht und Sam nähert sich mit einem breiten Grinsen.

»Diese Wette gewinne ich mit Leichtigkeit, der Typ an Tisch sieben hat den Ladys von der Fünf noch einen Drink spendiert. Als die Rothaarige ihn dafür angelächelt hat, fing er fast an zu sabbern.«

»Schade nur, dass du niemanden gefunden hast, der auf die Wette eingegangen ist«, erwidere ich trocken. Nebenbei beobachte ich den Platz der beiden Frauen – tatsächlich, einige der Männer an den Nebentischen bekommen aufreizende Blicke zugeworfen. Einer von ihnen hat gute Chancen in den Genuss zu kommen, den ich mir bis vor wenigen Augenblicken noch so bildhaft – nahezu spürbar – vorgestellt habe.

In der Tasche an der Innenseite meiner Schürze, wo sich auch das Kellnerportemonnaie befindet, taste ich nach dem Inhalt. Normalerweise habe ich dort immer ein paar Kondome verstaut, da es häufig vorkommt, dass Gäste verstohlen danach fragen, wenn sie eine interessante Bekanntschaft gemacht haben. Eines ist noch vorrätig, ich stecke drei weitere dazu. Es sieht so aus, als könnte der eine oder andere Gast sie heute brauchen.

# KAPITEL 3

Nachdem Dylan gegangen ist, bricht die letzte Stunde des Abends an. Da es Sonntag ist, werden die meisten Gäste gegen Mitternacht oder kurz danach aufbrechen. Während Sam die Tische im Blick hat, Abschlussbestellungen aufnimmt oder abkassiert, beobachte ich die beiden Frauen an Tisch fünf.

Noch unterschiedlicher könnten sie kaum sein. Die Rothaarige aufreizend, in edlen Klamotten, geschickt geschminkt, zudem mit einem Augenaufschlag, der die Männerherzen um sie herum höherschlagen lässt. Die Blondine dagegen schüchtern und zurückhaltend; in teurer, aber eher unscheinbarer Kleidung in gedeckten Farben. Ihr Blick ist entweder auf ihre Begleiterin oder die Tischplatte gerichtet, die Hände unruhig ineinander verschlungen, so als wäre sie sehr nervös. Warum? Weil sie zum ersten Mal in einer solchen Umgebung ist? Verunsichern sie die Männer, die nur Augen für ihre Freundin haben? Sind die beiden Frauen überhaupt befreundet? Doch, so grotesk es sich auch darstellen mag, sie scheinen sich wirklich gut zu verstehen. Der Rotschopf ist nicht unbedingt die Federführende in den Gesprächen, sie hört genauso oft nickend zu. Außerdem herrscht eine spürbare Verbundenheit zwischen ihnen.

Während ich noch darüber nachdenke, ob sie Schwestern sind – ein Gedanke, den ich sofort beiseite wische – schauen beide Frauen zu mir. Als ich den Blick lächelnd erwidere, zwinkert mir die Rothaarige zu, die Blondine dagegen senkt den Kopf prompt wieder.

›Herrgott Mädel, zeig doch deine wunderschönen blauen Augen, anstatt sie immer abzuwenden!‹

Ein Gast vom Nebentisch scheint einen ähnlichen Gedanken zu haben, denn er beugt sich mit einem breiten Grinsen zu ihr hinüber. Sie beantwortet seine Frage, die ich wegen des Stimmengewirrs und der Musik im Hintergrund nicht verstehen kann, gleichzeitig rückt sie ein wenig von ihm ab. Das hält ihn allerdings nicht davon ab, den Abstand wieder zu verringern. Erst als die Rothaarige ihm auf den Arm klopft und sichtbar angiftet, zieht er sich zurück. Ein paar Sekunden später greift sein Kumpel zu zwei Geldscheinen, die in der Mitte des Tisches liegen, und steckt sie in eine Tasche des Oberhemds.

Sam gesellt sich schnaubend zu mir. Kopfschüttelnd deutet er auf die Männer.

»Wir sind nicht die Einzigen, die heute Abend auf Tisch fünf Wetten abgeschlossen haben. Warum der Blödmann allerdings das Blondchen angemacht hat, verstehe wer will.«

»Weil er bei dem Rasseweib noch deutlicher abgeblitzt wäre.« Als ich Sam ansehe, nickt er bedächtig. Ich werde den Gedanken nicht los, dass er im selben Moment seine eigenen Chancen abwägt. Ich würde sie ebenfalls nicht von der Bettkante schubsen, aber ich sehe das Ganze realistischer – so eine Frau will nicht von einer Bedienung ›bedient‹ werden. Der unerwartete Wortwitz treibt meine Mundwinkel zu einem breiten Grinsen auseinander.

»Du glaubst doch nicht etwa, dass du…«, interpretiert Sam meine Miene.

»Ich lasse dir den Vortritt«, versichere ich, während ich ihm auf die Schulter klopfe. Gleichzeitig beobachte ich aus dem Augenwinkel, wie ein weiterer Gast einen Flirtversuch startet. ›Der Abend wird immer interessanter‹, überlege ich, ›so abwechslungsreich zu später Stunde, dass sogar meine Müdigkeit verfliegt.‹

Die Taktik von ›Mr. geschniegelter Anzug mit schlecht sitzender Krawatte‹ scheint derweil aufzugehen. Mit einer einladenden Geste deutet die Rothaarige auf einen der freien Stühle an ihrem Tisch. Nach einem triumphierenden Lächeln in die Runde lässt der Typ sich darauf nieder. Er verwickelt das Objekt seiner – und der fast aller Männer in diesem Raum – Begierde in ein Gespräch. Was immer er auch sagt, es muss anregend oder fesselnd sein, da ihm die Aufmerksamkeit beider Frauen gewiss ist. Sie kleben regelrecht an seinen Lippen.

›Wie zum Teufel macht er das?‹ Ich hätte nicht gedacht, dass ausgerechnet ein Typ, der selbst am Sonntagabend in Anzug, Weste und Krawatte herumläuft, das Interesse des Rotfuchses wecken kann. Nach wie vor saugt sie jedes seiner Worte auf. Meine Augenlider verziehen sich zu Schlitzen, als sie ihm auch noch eine Hand auf den Arm legt. Neben mir schnaubt es ein weiteres Mal – Sam ist von ihrer Wahl ebenfalls nicht begeistert.

»Die Leute am Ecktisch wollen zahlen«, weise ich ihn hin. Mit mürrischer Miene macht er sich auf den Weg, sein Blick bleibt dabei die ganze Zeit auf das Schauspiel in der Mitte des Raumes gerichtet – ebenso wie meiner.

Am späteren Abend führt mich mein Weg in den Weinkeller. In den trockenen und kühlen Räumen lagern wir nicht nur sämtliche Getränke, sondern auch die Lebensmittel, die keiner besonderen Kühlung bedürfen. In einem der hinteren Bereiche sind außerdem die Ersatzkissen sowie die verschiedenen Ensembles an Dekorationen – je nach Jahreszeit und Festtagen – untergebracht. Im Laufe der drei Jahre, in denen ich das Lokal bereits betreibe, hat sich eine Menge angesammelt. Das Ganze habe ich größtenteils Charlene zu verdanken, meiner Angestellten, die sich hauptverantwortlich um die Frühstückszeit inklusive des ›Coffee to go‹-Angebotes kümmert.

Die schwere Eichenholztür knarrt, als ich sie öffne. Routiniert schiebe ich den Keil vor die Schwelle, damit die Tür nicht zufällt. Die Beschläge sind seit Monaten locker, sodass die Knäufe ab und an herausfallen. Jede Woche nehme ich mir von Neuem vor, sie zu reparieren oder auszutauschen, und verschiebe es im gleichen Maße wieder. An die Nutzung des Keils haben sich alle Angestellten so sehr gewöhnt, dass es mir von Mal zu Mal weniger wichtig erscheint, mich um eine neue Ausstattung zu kümmern.

Hinter der Tür befindet sich eine halbmondförmige Empore, die von einem verzierten Eisengeländer umgeben ist. Die Erbauer des Hauses haben selbst hier einen Sinn für Ästhetik gehabt. Auf dem großzügig bemessenen Steinportal stehen vier Bierfässer. Der Platz ist ideal, da wir sie so nicht direkt im Keller lagern müssen, und sie zusätzlich leicht zum Tresen rollen können. Es muss lediglich die zwei Zentimeter hohe Türschwelle überwunden werden. Von der Empore aus führen fünfzehn breite Stufen, die wie eine Mondsichel geformt sind, nach unten in die Kellerräume.

Mit der Ausbeute von drei Flaschen Wein und Whiskey steige ich die Stufen kurze Zeit später wieder hinauf. Dabei fällt mein Blick auf den Tisch neben der steinernen Treppe, auf dem Zutaten bereitstehen. Offensichtlich plant

Dylan ein neues Rezept. Mit seinen ausgefallenen Kuchenspezialitäten überrascht er selbst mich hier und da. Alleine der Anblick von Schokolade und Pistazien lässt mir das Wasser im Mund zusammenlaufen.

Je mehr wir uns Mitternacht nähern, desto leerer wird das Lokal. Inzwischen sind nur noch zwei Tische besetzt. Vor den meisten Gästen liegt eine hektische Arbeitswoche, die sie nicht übermüdet beginnen wollen. Im Gegensatz zu ihnen stehe ich kurz vor einem freien Montag, den ich zum Joggen und Ausspannen nutzen werde. Meine Träumerei davon wird unterbrochen, als sich an Tisch fünf etwas tut.

Sam, der mit einem Tablett voller benutzter Gläser hinter den Tresen kommt, verdreht die Augen, als der Gewinner bei der Rothaarigen lautstark nach ihm ruft, um die Rechnung zu verlangen. Ich signalisiere ihm, dass ich das übernehme, und gebe die Nummern der Tische, an denen der Typ den Abend über gesessen hat, in die Kasse ein. Mit einem freundlichen Lächeln auf den Lippen stelle ich mich neben den Mann in dem teuren Anzug.

»Alles zusammen?«

»Natürlich, die Bestellungen der Damen gehen auf mich, außerdem der Rest von dort drüben«, antwortet er mit einem Nicken auf den Nebentisch, den seine Begleiter bereits vor einer halben Stunde verlassen haben. Die beiden Frauen stecken derweil die Köpfe zusammen, flüstern sich lächelnd etwas zu. Als Folge steht die Blondine auf und verschwindet in Richtung der sanitären Anlagen.

Während ich den Rechnungsbetrag inklusive eines großzügigen Trinkgeldes entgegennehme, kassiert Sam am letzten Tisch ab. Gemeinsam räumen wir das Geschirr von den übrigen Plätzen, sammeln die Dekoration ein und rücken die Stühle zurecht. Als ich mich umdrehe, sehe ich, wie die Rothaarige zusammen mit dem Schlipsträger das Lokal verlässt. Besitzergreifend hat er einen Arm um ihre Taille gelegt, was sie nicht zu stören scheint. Die Blondine, die vermutlich vor ihnen hinausgegangen ist, tut mir leid – sie muss sich wie die überflüssige Dritte im Bunde fühlen.

Bevor ich mein Tablett zum Tresen bringe, schließe ich die Eingangstür ab, damit kein Nachtschwärmer unseren Feierabend hinausschiebt. Nur noch kurz das Geschirr in die Spülmaschine räumen, die Kasse abrechnen und die Lichter löschen – freier Tag, ich komme. Sam kümmert sich bereits um die benutzten Utensilien, sodass ich mich der Kasse zuwende und das Abrechnungsprogramm starte. Nebenbei stecke ich das Trinkgeld der letzten Rechnung in die Sammelkassette, so wie die anderen Bedienungen es ebenfalls tun. Am Monatsende teile ich die Summe stets unter allen Mitarbeitern auf. Eine Regelung, die bei den Angestellten Anklang findet – schließlich macht das Gesamtpaket den Erfolg aus, der vom ganzen Team gewährleistet wird. Zu dem gehören auch die Leute in der Küche sowie vom Reinigungsdienst, die so gleichermaßen von den Trinkgeldern profitieren.

»Entschuldigung?« Die leise Stimme neben mir lässt mich zusammenzucken. Tiefblaue Augen schauen mich verschämt an, als ich zur Seite blicke. »Verzeihung, ich wollte Sie nicht erschrecken.« Die Freundin der Rothaarigen knetet nervös ihre Finger, während sie auf eine Reaktion von mir wartet.

»Wo kommen Sie denn her?«, entfährt es mir. Immer

noch vollkommen überrascht sehe ich zur Eingangstür, in dessen Schloss der Schlüssel steckt.

»Ich war auf der Toilette und jetzt haben Sie bereits abgeschlossen. Würden Sie mich bitte hinauslassen?«

Eine logische Erklärung, auf die ich auch selber hätte kommen können. Natürlich ist die Blondine keine Nachfahrin von Houdini, die Schlösser knackt oder sich auf andere Weise in einen Raum zaubert. Ein Lächeln umspielt meine Lippen, das sie zögernd erwidert.

›Na bitte, geht doch – sie verliert ein wenig ihre Scheu.‹ Als Sam sie jedoch neugierig mustert, nachdem er die Klappe des Geschirrspülers geschlossen hat, ändert sich ihre Miene sofort wieder – keine Spur mehr von einem Lächeln. Ihre Schultern sacken herab, die aufrechte Haltung fällt regelrecht in sich zusammen, der Blick senkt sich, die Hände zittern leicht.

»Ich begleite Sie zur Tür«, biete ich an, was sie nickend annimmt. Gemeinsam gehen wir zum Ausgang. In meinem Kopf suche ich nach einem Scherz, der sie nicht verschreckt, oder nach ein paar aufmunternden Worten. Flotte Sprüche sind eigentlich Sams Spezialität, der sich heute auffallend zurückgehalten hat, wie mir in diesem Moment klar wird. Hat er etwa ein Formtief? Aber ich selbst bin doch sonst auch nicht auf den Mund gefallen – trotzdem fällt mir jetzt nichts Passendes ein. Bevor ich mich noch darüber wundern oder ärgern kann, haben wir die Pforte bereits erreicht. Ich drücke die Tür gegen den Rahmen, um den Schlüssel leichter drehen zu können. Mein letzter Gast beobachtet mich dabei aus den Augenwinkeln.

»Kommen Sie gut nach Hause«, wünsche ich der Blondine mit einer angedeuteten Verbeugung. Wieder blitzt kurz ein scheues Lächeln bei ihr auf, ehe sie durch den Türspalt huscht. Ein leises »danke« kommt noch bei mir an, im nächsten Moment eilt sie schon über den Gehweg. Ich blicke ihr nach. Dabei bin ich mir nicht sicher, ob ich ihr wünschen soll, dass die Freundin mit ihrem Begleiter auf sie wartet oder bereits gegangen ist. Das Geturtel der beiden ist bestimmt nicht leicht zu ertragen, erst recht nicht für so ein graues Mäuschen.

Bevor die Blondine um die Ecke biegt, um zum Parkplatz zu gelangen, schaut sie sich noch einmal um. War das ein zaghaftes Winken in meine Richtung? Ich erwidere es automatisch. Erst als sie aus meinem Sichtfeld verschwunden ist, schließe ich die Tür wieder und drehe den Schlüssel.

Sam mustert mich ganz offen, als ich zum Tresen zurückkomme. Er hat die Schürze abgenommen, schlüpft soeben in seine Jacke. Grinsend lässt er sein Schlüsselbund um den Zeigefinger kreisen.

»Leider der falsche Gast von Tisch fünf«, zieht er mich auf. »Bei der Rothaarigen hätte ich mich persönlich als Bodyguard für den Nachhauseweg angeboten. Das unscheinbare Blondchen wird sich dagegen kaum von dem Grau der Gehwegplatten abheben. Die ist sicher, so viel steht fest.«

»Du kannst mich schlagen, aber die Kleine hat trotzdem was.«

»Pff« Sams hochgezogene Augenbrauen sprechen Bände, auch ohne seinen Zusatz, den er sich mal wieder nicht verkneift. »Du hast einen merkwürdigen Frauengeschmack, Boss, mit dem ich dich jetzt alleine lasse. Bis Dienstag.«

»Komm gut nach Hause und pass auf, dass du nicht auf deinem Sabber ausrutschst«, rufe ich ihm nach, als er durch die Hintertür verschwindet.

Seufzend wende ich mich erneut der Kasse zu. Der Verdienst des heutigen Abends muntert mich auf und vertreibt die Müdigkeit ein wenig. Gut gelaunt fülle ich den Einzahlungsschein aus, den ich zusammen mit dem Geld in eine Bankkassette lege. Während ich die Kassette mit dem Trinkgeld im Safe verstaue, klopft es plötzlich an der Eingangstür.

»Wir haben bereits geschlossen«, rufe ich dem unbekannten Nachtschwärmer zu, der die Beleuchtung offenbar fehlinterpretiert. Ich sollte mir angewöhnen, das Licht zu dimmen, sobald wir mit dem Aufräumen beginnen.

»Ich brauche Ihre Hilfe«, höre ich eine Frauenstimme. »Bitte, können Sie mir noch einmal öffnen? … Bitte!« Das Flehen ist so inständig, dass es mein Helferherz anspricht, welches nicht anders kann, als nachzugeben.

Nachdem ich die Bankkassette ebenfalls im Safe eingeschlossen habe – man weiß ja nie – gehe ich zum Eingang hinüber. Zum zweiten Mal innerhalb weniger Minuten öffne ich einer Frau nach Geschäftsschluss die Tür und wieder schaue ich in Augen, die mich direkt in ihren Bann ziehen.

»Der Wagen springt nicht an, können Sie mir ein Taxi rufen?«, bittet die Blondine, die vorhin schon von innen vor verschlossener Tür stand, mich. Ihre Augen wandern unruhig hin und her, die Lider flattern leicht. »Der Akku meines Handys ist leer«, fügt sie zerknirscht hinzu. Eigentlich fehlt nur noch, dass eine Röte auf ihre Wangen zieht, aber das passiert nicht. Dafür verknotet sie wieder die Finger ineinander.

»Kommen Sie herein«, fordere ich sie mit einer einladenden Geste auf. »Soll ich ein bestimmtes Unternehmen anrufen?«, erkundige ich mich, nachdem ich den Schlüssel erneut im Schloss gedreht habe und wir zum Tresen hinübergehen.

»Nein, keine Sonderwünsche. Ich bin froh, dass Sie mir überhaupt noch einmal geöffnet haben. Danke schön.«

Während ich den Anruf tätige, sieht das schüchterne Mäuschen mich die ganze Zeit auf eine interessante Weise an. Doch mir fehlt dabei vor allem der Augenkontakt, dem sie jedes Mal scheu ausweicht. Es juckt mir in den Fingern, ihr Kinn zu umfassen, um ihren Kopf so weit anzuheben, dass sie mir in die Augen schauen muss. Diese Geste kann ich gerade noch so unterdrücken. Stattdessen beobachte ich weiter fasziniert, wie sie durch ihre langen, dichten Wimpern zu mir aufschaut, ohne mich direkt anzusehen.

›Wie macht sie das nur?‹

Ted, der Telefonist von einem zuverlässigen Taxiservice, sagt zu, dass ungefähr in einer Viertelstunde ein Wagen vorbeikommen wird. Ich gebe die Nachricht an die Blondine weiter, woraufhin sie dankbar nickt.

»Vielen Dank, ich werde vor der Tür warten.«

»Auf keinen Fall«, protestiere ich, was sie in der Bewegung innehalten lässt. Als sie sich erstaunt zu mir umdreht, lege ich meine Hand auf ihren Arm. Mit ruhiger Stimme wiederhole ich meine Worte. »Auf keinen Fall werde ich Sie ganz alleine auf dem Gehweg herumstehen lassen. Der Fahrer wird hupen, bis dahin haben Sie es hier drinnen viel bequemer. Wer weiß, wie lang eine Viertelstunde bei einem Taxifahrer tatsächlich dauert.«

»Kann ich Ihnen dann wenigstens zur Hand gehen, um mich zu revanchieren? Vielleicht die Tischdecken einsammeln oder etwas abtrocknen?«

»Nein, das ist nicht nötig. Ich bin fast fertig, der Reinigungstrupp wird vor dem nächsten Öffnen alles Weitere erledigen. Nehmen Sie Platz, möchten Sie noch etwas trinken? Einen Chablis oder lieber einen Cosmopolitan?«

Erstaunen breitet sich auf der Miene der Blondine aus. »Merken Sie sich die Getränke aller Gäste?«

»Nur, wenn sie Eindruck bei mir hinterlassen haben«, antworte ich ihr augenzwinkernd.

»Die bleibende Erinnerung hat sicher Cybille hinterlassen«, erwidert sie leise.

»Ihr Getränk habe ich mir auch gemerkt«, widerlege ich ihre Worte. Um sie zu unterstreichen, hole ich die geöffnete Flasche Chablis hervor. »Noch ein Glas als Absacker?«

Kopfschüttelnd lehnt sie ab, kommt allerdings dem Vorschlag, sich zu setzen, nach. Aufmerksam beobachtet sie meine Restarbeiten. Bis auf den Austausch der Servietten und Kerzen, deren Farbe wir jede Woche tauschen, ist alles erledigt. Ich sehe auf die Uhr, um abzuschätzen, wie viel Zeit seit meinem Anruf bei der Taxizentrale vergangen sind. Wenn der Fahrer pünktlich ist, müsste er in ein bis zwei Minuten vorfahren. Aber da die Wagen die letzten Male selten zur zugesagten Uhrzeit da waren, werde ich es sicher noch schaffen, kurz die Sachen im Untergeschoss auszutauschen.

»Ich bringe das hier schnell nach unten in den Keller«, teile ich der Blondine mit. Sie bietet an, mir zu helfen, doch ich lehne erneut dankend ab. »Ehe Sie sich versehen, bin ich wieder da.«

In der Nähe des stets gut aufgefüllten Weinregals steht eine alte hölzerne Schatztruhe mit Eisenbeschlägen, in der wir die Servietten und Kerzen lagern. Ich habe sie ursprünglich als Dekoration für den Gastraum gekauft, leider stellte sie sich als zu groß und sperrig heraus. Nun fristet sie ihr Dasein im Keller, wo sie die farbenfrohen Schätze beherbergt. Der Deckel lässt sich nur zur Hälfte öffnen, aber das reicht aus, um an den Inhalt zu gelangen. Routiniert lasse ich den Blick über die farbigen Serviettenstapel gleiten. Der Vorrat an knallgelben ist am größten. Ich schnappe mir zwei Pakete und will zu den passenden Teelichtern greifen, als eine Stimme an mein Ohr dringt.

»Das Taxi ist da, würden Sie mir aufschließen?«

›Verdammtes Timing‹, fluche ich innerlich vor mich in. Damit der Fahrer nicht unverrichteter Dinge wegfährt, springe ich auf, vergesse dabei den Deckel der Truhe und knalle mit dem Hinterkopf dagegen.

Sterne tanzen vor meinen Augen, als ich mich nach einem Schmerzensschrei auf den kühlen Kellerboden sinken lasse. Es sind viele glitzernde Sterne, die sich nach kurzer Zeit blau verfärben und mich mit sanfter Stimme ansprechen. ›Ich bin im Himmel, wo sich ein blonder Engel um mich kümmert ...‹

# KAPITEL 4

»Lance, können Sie mich hören?« Worte, wie in Watte gepackt, dringen langsam zu mir durch. Finger streichen sanft über mein Gesicht, als ich wieder zu mir komme. Blaue Augen schauen mich besorgt an – Augen, denen ich schon einmal begegnet bin.

»Was ist passiert?«, frage ich, während ich versuche, mich aufzurappeln. So nach und nach registriere ich, dass mein Kopf im Schoß der Blondine ruht, die ihre Fingerspitzen weiter zärtlich über meine Wangen gleiten lässt.

»Das weiß ich nicht genau. Ich habe nach Ihnen gerufen, dann habe ich es poltern gehört und nur noch gesehen, wie Sie zu Boden gesunken sind. Haben Sie Schmerzen oder ist Ihnen schlecht?«

Ich fasse mir an den Hinterkopf und zucke zusammen. Fuck, tut das weh. Vorsichtshalber kontrolliere ich die Fingerkuppen, kann aber zu meiner Erleichterung kein Blut entdecken.

»Ihr Taxi«, stammle ich, als mir wieder einfällt, warum mein später Gast nach mir gerufen hat. Als ich aufstehen will, wird mir schwindelig. Stöhnend sinke ich auf den Boden zurück.

»Das ist jetzt nicht wichtig. Wir können ein Neues rufen, wenn es Ihnen besser geht. Ich hole erst einmal Eis. Sie bleiben hier sitzen, verstanden? Wahrscheinlich haben Sie eine Gehirnerschütterung, daher möchte ich nicht riskieren, dass Sie die Treppe hinunterstürzen.«

»Ja, Ma'am«, erwidere ich mit einem imitiert schüchternen Blick. Da mein Schädel brummt, lehne ich mich an die

Schatztruhe, die den Kampf »Kopf gegen Deckel« gewonnen hat. Nach Aufstehen ist mir in der Tat nicht, doch kaum hat sich die Blondine erhoben, vermisse ich schon die Berührung ihrer Hände auf meiner Haut.

Ein paar Minuten später öffnet sich die Kellertür wieder. Ich höre, wie der Keil ein Stück über das Portal rutscht. Mein Kopf fliegt nach oben, sofort schießt ein Schmerz hindurch, der mich die Augen schließen lässt. Die Warnung, die ich wegen der Tür aussprechen will, geht darin unter. Während ich noch gegen das Hämmern in meinem Hinterkopf ankämpfe, fällt diese ins Schloss, gefolgt von einem Scheppern.

›So ein Mist, das war einer der Knäufe, der aus dem Beschlag gerutscht ist!‹

Von all dem unbeeindruckt kniet sich die Blondine neben mich und legt vorsichtig ein Handtuch auf meine Beule, in das sie Eis gewickelt hat. Die Kühlung tut gut, ganz zu schweigen von der Berührung der anderen Hand, die an meiner Wange liegt. Dankbar sehe ich zu ihr auf. Diesmal weicht sie meinem Blick nicht aus, sondern lächelt mich sogar aufmunternd an.

»Geht es?« Ihre Augen strahlen selbst im matten Licht der Glühlampe, die den Raum dürftig ausleuchtet. Fasziniert bleibe ich ein weiteres Mal an diesem intensiven Blau hängen.

»Ja, danke. Sie haben sehr zart agierende Hände.« Mein Kompliment treibt ihr zwar nicht die Röte ins Gesicht, aber sie schaut verlegen zur Seite. Ich hebe eine Hand, um ihr eine Strähne hinters Ohr zu streichen, die sich aus der streng zurückgekämmten Frisur gelöst hat. Dabei streifen meine Fingerspitzen an ihrem Wangenknochen entlang.

Eine Berührung, die mir wieder die Aufmerksamkeit der fürsorglichen Retterin schenkt. Unsere Blicke begegnen sich erneut, mein Daumen fährt die Kontur ihrer Unterlippe nach. Mit derselben Behutsamkeit umfasse ich danach ihren Nacken, um den Kopf dichter zu mir zu ziehen. Kurz bevor sich unsere Lippen treffen, legt sie ihren Zeigefinger auf meinen Mund.

»Was tun Sie denn da, Lance?«, flüstert sie mir zu.

Obwohl ich weiter auf ihre Augen fixiert bin, stutze ich. »Woher kennen Sie meinen Namen?«, frage ich verwirrt.

»Oh, Sie müssen mehr abbekommen haben, als ich zunächst dachte«, erwidert sie mit einem verschmitzten Lächeln. Zu meinem Bedauern zieht sie sich ein Stück zurück und tippt mit dem Finger auf das kleine Metallplättchen, welches an meinem Poloshirt befestigt ist.

›Natürlich, das Namensschild!‹ Meine Mundwinkel verziehen sich zu einem Grinsen. »Verraten Sie mir auch Ihren?«

»Jules«, stellt sie sich leise vor. Ich reiche ihr die Hand, die sie ohne zu zögern ergreift. Sie fühlt sich kalt an, da sie damit den Eisbeutel festgehalten hat. Trotzdem spüre ich die weiche, geschmeidige Haut.

»Hallo Jules, danke für die Rettung. Haben Sie zufällig Ihr Handy dabei?«

»Nein, es ist in meiner Tasche, soll ich es holen? Brauchen Sie einen Arzt?« Sie lässt meine Hand los, ihre Augen weiten sich bei der Frage, sodass ich ein schlechtes Gewissen bekomme. Vor allem auch angesichts der weniger guten Nachricht, die ich ihr gleich mitteilen werde.

»Keine Sorge, mir geht es gut. Ein Arzt ist nicht nötig, auch wenn der Schädel noch leicht brummt. Die Truhe hat das Duell eindeutig gewonnen, sie scheint dabei nicht einmal einen Kratzer abbekommen zu haben«, scherze ich. Als Jules über die Stelle des Deckels streicht, mit der ich die unliebsame Begegnung hatte, muss ich lächeln. Sie behandelt das Holz und das Eisenscharnier genauso zärtlich wie meinen Kopf kurz zuvor. »Ich denke, sie wird es überleben.«

»Warum steht so ein schönes Stück in einem Keller?«, fragt meine Retterin, wobei ich das Gefühl habe, dass sie sich die Frage eher selber stellt als mir. Dennoch antworte ich darauf.

»Oben gibt es nicht den richtigen Platz dafür. Eine Stelle, wo sie zur Geltung kommt, aber gleichzeitig nicht im Weg ist oder zu viel Raum einnimmt.

»Verstehe«, antwortet die Blondine. Ihre Fingerkuppen fahren weiter behutsam über den Rand, doch die Augen bleiben auf mich gerichtet, wandern langsam zu meinen Lippen. Es reizt mich, einen neuen Kussversuch zu starten – zu gerne wüsste ich, wie dieser schmale rote Mund schmeckt. Um dem Drang nicht nachzugeben, atme ich tief durch. Wenn sie gleich bei meiner schlechten Nachricht nicht in Panik gerät, habe ich die ganze Nacht, um mich ihr und diesen anziehenden Lippen zu nähern.

Sekundenlang schauen wir uns in die Augen. Die Haltung des heutigen letzten Gastes wird immer entspannter, sie weicht auch meinem intensiven Blick nicht mehr aus. Ich sollte den Moment nutzen!

»Jules …«, beginne ich mit betont ruhiger Stimme, »wir haben ein kleines Problem.«

»Ja, ich weiß, aber das ist nicht so schlimm«, entgegnet sie. Jetzt sind es meine Augen, die sich weiten – allerdings vor Ungläubigkeit.

›Ihr ist klar, dass wir hier in der Falle sitzen und ist trotzdem die Ruhe selbst? Diese Frau erstaunt mich immer mehr.‹

»Sobald Sie sich fit genug fühlen, die Treppe hinaufzusteigen, rufen wir einfach ein neues Taxi.«

›Verdammt, sie hat es doch nicht mitbekommen. Von wegen ruhig und besonnen, eine Panik ist noch möglich.‹ Ich schüttle den Kopf und greife nach ihrer Hand, die ich behutsam umschließe.

»Ein erneuter Anruf wird etwas schwierig.« Gebannt warte ich auf ihre Reaktion, aber sie schaut mich lediglich erwartungsvoll an, also spreche ich weiter. »Haben Sie bitte keine Angst, Ihnen wird nichts passieren. Wir sitzen hier nur leider fest, da die Kellertür zugefallen ist.«

»Wie bitte?« Ihr Kopf schnellt hoch, ihre Augen blicken panisch nach oben zum Portal. Ehe ich sie beruhigen kann, lässt sie meine Finger los, springt auf und stürmt die Treppe hinauf. In dem Moment bin ich unendlich froh, dass sie keine hochhackigen Schuhe trägt. Als sie den Knauf berührt, um ihn zu drehen, hat sie ihn auch schon in der Hand. Da das Gegenstück an der anderen Seite herausgefallen ist, hat er keine Wirkung mehr. Man kann den Schließer nicht zurückdrücken und gleichzeitig die Tür aufziehen. Ein Öffnen ist lediglich von der Außenseite möglich, da man dann die Tür aufdrückt. Dumm nur, dass auf der anderen Seite der Tür niemand ist, der das übernehmen kann. Noch dümmer, dass dort auch so schnell keine Person auftauchen wird, schließlich haben wir morgen Ruhetag.

›Hätte ich die Reparatur doch bloß nicht immer wieder hinausgeschoben!‹

»Wie lange dauert es, bis das Reinigungspersonal kommt?«, erkundigt Jules sich, als sie die Treppe herunterkommt. Dass sie nicht laut nach Hilfe ruft oder gegen die Tür hämmert, beruhigt mich. Es wäre sowieso sinnlos. Stattdessen schweift ihr Blick durch den Keller. Offenbar sondiert sie die Lage, ein weiterer Punkt, der mich an ihr fasziniert. In ihr steckt viel mehr, als der erste Eindruck vermuten lässt.

Mit zerknirschter Miene gebe ich zu, dass der Säuberungstrupp erst morgen Abend eintreffen wird. Als sie mich ungläubig ansieht, ergänze ich, dass montags Ruhetag ist und ich sonntags gerne sofort Feierabend mache, anstatt noch auf die Reinigungshilfen zu warten.

»Aber ich muss morgen arbeiten. Gibt es keinen anderen Ausgang?« Da ich den Kopf schüttle, seufzt sie auf. »Wie oft ist Ihnen das schon passiert?«

»Hier eingesperrt zu werden? Bisher erst einmal, aber das war in der Anfangszeit. Der Keil hat mir seither gute Dienste erwiesen.«

»So ein kleines Stück Holz ist eine merkwürdige Art, mit der Sache umzugehen«, resümiert sie.

Ich will mich gerade dafür entschuldigen, als sich eine Furche auf ihrer Stirn bildet, die mich innehalten lässt. ›Was geht ihr durch den Kopf?‹

»Waren Sie damals auch in Begleitung?« Ihre Frage überrascht mich, damit hätte ich als Allerletztes gerechnet.

Wieder verneine ich. Ich war nicht nur allein, das Ganze hat zudem nur ein paar Minuten gedauert. Da es mitten in der Geschäftszeit passiert ist, hat man mich schnell vermisst und aus der unvorteilhaften Lage befreit. Das Glück werden wir heute nicht haben, also müssen wir es uns so angenehm wie möglich machen. Mit diesem Vorsatz erhebe ich mich langsam. Die Augen von Jules verfolgen jede meiner Bewegungen. Lächelnd weise ich auf einen der hinteren Räume.

»Ich hole uns ein paar Decken und Kissen. Suchen Sie doch inzwischen einen Wein aus, mit dem wir uns die Zeit vertreiben«, schlage ich vor. Der Zusatz »geht aufs Haus« bringt sie zum Lachen.

»Na, wenn das so ist.« Interessiert begutachtet sie die Etiketten.

Als ich mit meiner Ausbeute zurückkomme, schaffe ich uns ein gemütliches Lager aus Stuhlkissen und Decken vor dem hölzernen Duellgegner. Aus einem Karton neben dem Regal mit den alkoholfreien Getränken hole ich zwei Weingläser hervor. Zuletzt greife ich nach einer Tüte Kräcker – verhungern oder verdursten werden wir schon mal nicht. Selbst einen Korkenzieher kann ich ausfindig machen, sodass wir ein paar Minuten später vor der Truhe sitzen und mit einem Merlot anstoßen.

»Sie erstaunen mich«, gebe ich nach dem ersten Schluck zu. Ein überraschter Ausdruck zeichnet sich auf der Miene von Jules ab.

»Warum? Weil ich nicht in Panik ausbreche, sondern versuche, das Beste aus der Situation zu machen?« Als ich nicke, erklärt sie mir, dass sie Anwältin ist. »Durch einige unerwartete Reaktionen im Gerichtssaal habe ich gelernt, meine Emotionen im Zaum zu halten. Hysterie stärkt nur die Position des gegnerischen Anwalts.«

»Bin ich das für Sie? Eine Art gegnerischer Anwalt?«

»Nein«, erwidert sie verschmitzt. »Uns fehlt der Richter, außerdem ist es vor Gericht niemals so gemütlich wie hier.«

»Wir könnten es noch harmonischer gestalten, wenn wir aufs Du übergehen würden«, schlage ich vor. Grinsend reiche ich ihr die Hand, in die sie prompt einschlägt. Als Nächstes klirren unsere Gläser aneinander. Nach einem weiteren Schluck beuge ich mich zu Jules hinüber. »Besiegeln wir es mit einem Kuss?«, flüstere ich nahe an ihrem Kinn.

Ein wenig atemlos schaut sie mich an, ehe sie scheu nickt. Auf diese Erlaubnis habe ich gewartet. Behutsam lege ich meinen Mund auf ihre Lippen. Diesmal hält sie mich nicht auf. Es ist ein zurückhaltendes Näherkommen, doch schließlich öffnet sie die Lippen, sodass meine Zunge auf vorsichtige Erkundungstour gehen kann. Unsere Zungenspitzen treffen aufeinander, aber bevor ich in der Lage bin, Jules zu einem ekstatischen Tanz einzuladen, zieht die Blondine ihren Kopf zurück.

Verlegen blickt sie zur Seite. Noch einmal will ich sie damit allerdings nicht durchkommen lassen. Daher lege ich meine Hand um ihr Kinn und schiebe ihr Haupt wieder in meine Richtung, bis wir uns in die Augen sehen.

»Das war sehr schön«, versichere ich ihr.

»Ja«, haucht sie zurück, ehe sie ihr Glas anhebt, um einen Schluck zu trinken. Eine charmante Art, eine Fortsetzung zu unterbinden. Da ich sie nicht überrumpeln oder verängstigen will, vergrößere ich den Abstand zwischen uns auf ein Maß, das mir für die Situation angemessen erscheint. Obwohl ich mehr möchte, da Jules mich anzieht, wie das Licht die Motte, werde ich es langsam angehen lassen. Zeit genug haben wir ja. Also verwickle ich sie in ein Gespräch, indem ich nach Details ihrer Tätigkeit als Anwältin frage. Sie gibt bereitwillig Auskunft, erzählt schließlich sogar ein paar Anekdoten aus ihren Fällen. Lachend teile ich den Rest der Weinflasche auf unsere Gläser auf.

»Da du jetzt eine Menge über mich weißt, bist du an der Reihe. Wie lange führst du die Lounge bereits? War es immer dein Traum, so eine Lokalität zu betreiben?«

Nach meinem Geschmack gibt es noch eine Vielzahl anderer Dinge, die ich gerne über Jules erfahren würde. Vor allem, ob sie einen Freund hat. Aber sie hat recht, es ist nur fair, wenn ich erst etwas von mir preisgebe. Also berichte ich, dass ich während des Studiums in einem Café gearbeitet habe.

»Es hatte guten Zulauf, doch es war mir schnell klar, dass man mehr daraus machen könnte. Leider war der Eigentümer immun gegen jegliche Vorschläge. Am Ende hat er gedroht, mich rauszuschmeißen, wenn ich ihn nicht mit meinen Ideen in Ruhe lasse.«

»Was für ein Narr«, wirft Jules ein, die gebannt an jedem meiner Worte hängt. So ähnlich wie die Rothaarige bei dem Typen, der sie letztlich abschleppen durfte.

Ich schüttle den Kopf, um diesen unpassenden Gedanken zu vertreiben. Ein blödes Vorgehen, das mir den Schmerz zurückbringt. Besorgt sieht meine blonde Gesellschaft mich an und fragt, ob alles okay ist. Anstatt zu nicken, bestätige ich verbal, dass es mir gut geht – ich lerne eben rasch dazu… Trotzdem lässt sie es sich nicht nehmen, sich neben mich zu knien, um die Beule am Hinterkopf zu inspizieren. Nachdem sie ihr Glas beiseitegestellt und dasselbe mit meinem gemacht hat, beugt sie sich vor. Behutsam streicht sie meine schwarzen Haare an der lädierten Stelle zur Seite, dabei berührt sie mit der Schulter mein Kinn. Der zarte Duft ihres blumigen Parfums steigt mir in die Nase. Ich schließe die Augen, um die Situation zu genießen, die viel zu schnell vorüber ist.

»Wir sollten ein weiteres Mal für ein wenig Kühlung sorgen«, beschließt sie und greift nach dem Handtuch mit dem Eis. Die kühle Feuchtigkeit des Leinenstoffs sorgt in der Tat für Linderung. Oder liegt es daran, dass ich von der Nähe dieser Frau benebelt bin?

Unsere Blicke treffen sich, als sie sich wieder zurücklehnt, dabei das Handtuch aber weiter vorsichtig an meinem Hinterkopf platziert. Ich lege einen Arm um ihre Taille, ergreife ihre freie Hand, um sie zu meinem Mund zu führen. Ihre Lippen öffnen sich, als ich anfange, hauchzarte Küsse auf jeden einzelnen Finger zu geben. Ein kurzes Schaudern ist ihre Antwort darauf, ein deutliches Zeichen der Zustimmung. Also lege ich ihre Hand auf meine Schulter und umfasse danach den Bereich ihres Haaransatzes im Nacken. Es bedarf so gut wie keinen Druck, bereitwillig lässt sie es zu, dass ich ihren Kopf zu mir ziehe.

Eine Sekunde später berühren sich unsere Lippen ein weiteres Mal. Das kühle Tuch fällt auf den Deckel der Truhe, die Finger von Jules vergraben sich stattdessen in meinem Haar. Mein Griff um ihre Hüfte wird enger, mit einer fließenden Bewegung schiebe ich ihren schmalen Körper auf meinen Schoß. Mit der Zunge erkunde ich derweil ihre Mundhöhle. Nach einem kurzen Seufzer lässt die Blondine sich auf das Spiel ein. Noch etwas zurückhaltend bietet sie meiner aufreizenden Zungenspitze schließlich Paroli.

Als wir uns atemlos voneinander lösen, schaue ich ihr tief in die Augen, um nach einer Antwort zu suchen. Die Antwort auf die Frage, ob sie schon bereit für mehr ist.

# KAPITEL 5

Das strahlende Blau von Jules' Augen blitzt mir entgegen. Ich kann keinerlei Angst oder Zurückhaltung darin erkennen. Da ist eher ein Mehr, gepaart mit Neugierde. Den Gedanken, der mich angesichts dieser Interpretation spontan überfällt, schiebe ich beiseite. Nein, ich schätze sie auf Mitte Zwanzig, unmöglich, dass sie noch keine Erfahrungen gesammelt hat.

»Mehr?«, frage ich, während meine Fingerspitzen über ihre Arme fahren.

Anstelle einer verbalen Zustimmung lächelt sie und verschließt meinen Mund mit ihren Lippen. Einer weiteren Aufforderung braucht es nicht. Mit den Händen gehe ich auf Erkundungstour, zunächst über den Rücken, von dort zu den Schultern und vorne über ihr Schlüsselbein wieder hinab. Am Brustansatz halte ich einen Moment inne, aber da sie unseren Kuss nicht unterbricht, mache ich weiter. Als ich mit den Daumen über ihre Brustwarzen streiche, stöhnt sie auf. Erneut verkrallen sich ihre Hände in meinen Haaren, ziehen kurz daran, als ich meine Berührungen wiederhole. Obwohl ihre Nippel sich bereits aufrichten, lasse ich von ihnen ab. Es gibt bessere Methoden, sie zu stimulieren, dafür muss jedoch der Stoff weg, der noch schützend über ihnen liegt.

Meine Finger finden den Saum ihres Shirts und schieben den weichen Baumwollstoff nach oben. Als ich in Höhe ihrer Achseln ankomme, hebt Jules bereitwillig die Arme, sodass ich ihr das Kleidungsstück über den Kopf ziehen kann. Mit sanften Küssen und leichten Bissen bedanke ich mich an ihrem Hals für die Offenbarung. Dabei spüre ich das Pochen ihrer Halsschlagader an den Lippen, ihr beschleunigter Atem kitzelt an meinem Ohr. Es gefällt ihr und ich hoffe, dass sie noch mehr will, obwohl sie selber kaum agiert. Aber das ist kein Problem, ich übernehme gerne die Führung.

Während meine Hände über ihren Rücken streichen, sich langsam zum Verschluss des BHs vorarbeiten, legen sich die von Jules auf meine Schultern. Wenn ich sie von dem kleinen Stück Stoff um ihre Brüste befreit habe, muss ich mein Oberteil loswerden. Ich kann es kaum erwarten, diese zarten Fingerkuppen auf meiner Haut zu spüren. Also nähere ich mich meinem Ziel, indem ich an jeder Seite einen Finger zwischen die untere Halterung des Büstenhalters und ihre Haut schiebe. Der Weg führt aber zunächst vom Verschluss weg zur Vorderseite von Jules' Körper, wo sie es zulässt, dass meine Fingerspitzen am unteren Bereich ihres Busens entlangfahren. Nachdem sie sich in der Mitte getroffen haben, führe ich sie wieder zum Rücken meiner Gespielin. Durch das Zurückwerfen des Kopfes und dem Entgegenstrecken ihrer Brüste, zeigt die Blondine mir deutlich, dass die Vorgehensweise die angestrebte Wirkung nicht verfehlt.

Das Öffnen des Verschlusses ist schnell erledigt, aber mit dem Abstreifen des BHs lasse ich mir Zeit. Zunächst fordere ich die Frau, die meine Erregung schon deutlich spüren müsste, zu einem weiteren Zungenspiel heraus. Von ihren Lippen aus küsse ich mich den Hals und das linke Schlüsselbein entlang, bis ich den Träger des bereits geöffneten Unterwäschestücks erreicht habe. Mit einem Grinsen nehme ich ihn zwischen die Zähne und schiebe ihn so über die Schulter. Die gleiche Prozedur folgt auf der rechten Seite. Der glatte Stoff rutscht, wie von mir erhofft, die Oberarme nach unten und gibt so die Brüste frei. Endlich hat mein Mund ungehinderten Zugang zu den Brustwarzen.

Ein kleines Muttermal an der linken Brust fällt mir ins Auge. Es hat die Form eines Herzes. Da die Blondine kein weit ausgeschnittenes Oberteil getragen hat, war es vorher nicht zu sehen. Eigentlich ein bisschen schade, da es sehr markant ist. Einigen der männlichen Gäste von heute Abend wäre es bestimmt aufgefallen und ich schätze, dass ein paar von ihnen gerne die Chance gehabt hätten, darüberzustreichen. Nun komme ich in den Genuss, vermutlich nicht nur in diesen. Wie magisch werden meine Lippen von dem Fleckchen Haut angezogen. Mit der Spitze der Zunge fahre ich darüber, gebe danach einen Kuss darauf.

Mein Blick wandert zum Gesicht von Jules. Ihre Augen sind geschlossen, die Lippen dafür ein kleines Stück geöffnet. Zwischen den Zähnen lugt die Zungenspitze ein wenig hervor. Oh ja, diese Frau genießt, was ich bei ihr auslöse. Ich wette, dass sie bereits feucht zwischen den Beinen ist – eine Region, die sie mich, wenn ich Glück habe, auch noch erkunden lässt.

Mit einer nicht zu verhehlenden Vorfreude führe ich meinen Mund über die zarte Haut der Brüste von Jules, die sie mir weiterhin entgegenstreckt. Kaum haben meine Lippen die linke Brustwarze umschlossen, um genüsslich daran zu saugen, wird die Atmung der Blondine einen Takt schneller. Doch ich will sie hören und beiße daher vorsichtig in den Nippel. Wie auf Kommando ertönt ein Stöhnen, begleitet vom Zurückwerfen des Kopfes in den Nacken. Mit den Zähnen und der Zunge reize ich die Brustwarze weiter, ehe ich der rechten dieselbe Aufmerksamkeit zukommen lasse.

Als ich eine Pause einlege und zu Jules aufsehe, treffen sich erst unsere Blicke, danach unsere Lippen. Nach Atem ringend beenden wir den Kuss, aber meine Finger setzen die Erkundungstour auf dem Oberkörper der Blondine fort. Doch das reicht mir nicht, ich möchte, dass sie ebenfalls ungehindert über meine Haut fahren kann. Die Kellnerschürze habe ich abgelegt, bevor wir es uns mit dem Wein vor der Truhe gemütlich gemacht haben. Es ist nun an der Zeit, dass mein Polohemd in dieselbe Richtung wandert. Also umfasse ich die Hände meiner weiblichen Gesellschaft und schiebe sie unter den Saum des Oberteils. Sie geht nach einem leicht überraschten Blick zögernd auf die Aufforderung ein. Hauchzart streichen die Fingerspitzen über meinen Rücken, während ich die Lippen wieder auf ihre Brüste lege.

Ich lasse ihr bewusst Zeit und dränge sie nicht – auch wenn es mir schwerfällt. Aber am Ende werde ich dafür belohnt, denn endlich umfassen die zarten Hände den Saum des Shirts und ziehen den Stoff nach oben. Einen Augenblick später liegt das Teil auf dem Fußboden neben der Schatztruhe.

Die zurückhaltenden Berührungen von Jules sind genauso anregend, wie ich mir das vorgestellt habe. Wie ein Windhauch streichen die Finger über meine Haut. Dabei geht sie so behutsam vor, dass ich nicht ein einziges Mal Bekanntschaft mit einem ihrer Nägel mache. Das wird sich hoffentlich noch ändern, wenn wir unseren Weg fortsetzen. Fingernägel, die sich vor Ekstase in meinen Rücken bohren oder darüber kratzen, ohne die Haut blutig zu reißen, lassen mich zur Höchstform auflaufen. Doch bevor es dazu kommen kann, muss ich uns in eine andere Position bringen. So sehr es mich auch antörnt, dass Jules sich ab und an auf meinem Schoß windet, dabei unabsichtlich meinen Schwanz reibt, will ich dafür sorgen, dass wir als Nächstes unsere Hosen loswerden.

Erneut locke ich die Blondine in einen Kuss, umfasse dabei mit einem Arm fest ihre Taille und kippe uns zur Seite. Sie rekelt sich, um ihre Beine auszustrecken, protestiert aber nicht oder versucht, sich zu entwinden. Liebevoll streiche ich eine Strähne ihres Ponys zur Seite, nachdem sich unsere Lippen voneinander gelöst haben. Danach fahre ich fort, ihre Haut zu liebkosen – sowohl mit den Fingern, als auch mit Lippen und Zunge. Ihre Hände gehen ebenfalls auf Wanderschaft, mit einer gewissen Zurückhaltung, so wie bisher. Trotzdem habe ich mehr und mehr das Gefühl, dass ihr Interesse steigt.

Wir lassen uns Zeit, landen irgendwann synchron mit den neugierigen Fingern am Hosenbund des jeweils anderen. Noch einmal umschließe ich mit meinen Lippen einen der vor Erregung zusammengezogenen Nippel von Jules, während ich gleichzeitig den Knopf ihrer Hose öffne. Ein zärtlicher Biss in die Brustwarze, lässt sie aufstöhnen. Ihre Finger krampfen sich um den Bund meiner Jeans. Als ich von ihrer Brust ablasse, fängt sie hektisch an, am Hosenknopf zu nesteln. Mit zitternden Fingern bekommt sie es schließlich hin, ihn zu öffnen. Beim Reißverschluss ergibt sich dagegen keine Verzögerung mehr.

Meine Mundwinkel verziehen sich zu einem herausfordernden Grinsen, als ich diesem schüchternen Wesen neben mir zeige, wohin meine Finger als Nächstes möchten. Langsam schiebe ich meine Hand unter den Stoff der grauen Baumwollhose, streife dabei ihren Slip und umfasse schließlich eine Pobacke. Verschämt beißt Jules sich auf die Unterlippe, ihre Augen verraten gleichzeitig, dass sie es genießt. Ich warte darauf, dass sie es mir gleichtut, aber so weit scheint sie noch nicht zu sein. Da sie die Vorstöße jedoch nicht unterbindet, nebenbei die Stimulation ihrer Brustwarzen durch meinen Mund zulässt, werde ich mutiger.

Das Ziel meiner Lippen ist ihre Scham. Mit kleinen Küssen und Bissen mache ich mich von ihren Brüsten aus auf den Weg dorthin. Wie von selbst landet Jules auf dem Rücken, sodass ich mich über sie beugen kann. Ihre Atmung verrät zusammen mit dem regelmäßigen Erschaudern die wachsende Erregung. Das Abstreifen der Schuhe erledigt die Blondine noch selbst, von ihrer Hose befreie ich sie dagegen. Nachdem ich meine Finger seitlich in den Stoff ihres Slips gehakt habe, hole ich mir ihr Einverständnis, indem ich Augenkontakt suche. Mit einem kurzen Lächeln signalisiert Jules, dass alles in Ordnung ist und ich fortfahren kann. Einen Augenblick später liegt sie nackt vor mir.

Ich lege mich wieder neben sie, um sie in den nächsten Kuss zu verführen. Nebenbei streife ich mir die Slipper von den Füßen, lasse danach die Socken folgen. Mein Schwanz macht deutlich, dass es ihm zu eng wird, obwohl Knopf und Reißverschluss der Hose bereits geöffnet sind. Er will befreit werden, aber so wie es aussieht, muss ich das selber erledigen. Doch bevor ich dazu komme, wollen meine Finger erst noch etwas anderes erkunden.

Beim Streichen über Jules' Haut wandere ich immer tiefer. Die Taille entlang, über ihren Bauch zum Venushügel. Nur kurz streifen meine Finger die Schamlippen, aber ich habe gefunden, was ich gesucht habe. Ihr Körper ist bereit.

»Willst du mehr?«, flüstere ich an ihrem Ohr. Als keine Antwort erfolgt, schaue ich ihr tief in die Augen. »Wir können auch genau hier aufhören.«

»Nein, nicht aufhören«, haucht sie mir entgegen. Um ihre Worte zu verdeutlichen, fährt sie mit den Fingerspitzen meine Körperseiten entlang. Am Hosenbund angekommen, umfasst sie diesen und fängt an, die Jeans herunterzuschieben.

»Ich habe verstanden«, bestätige ich. Gleichzeitig rolle ich mich auf die Seite und helfe ihr dabei, die Hose samt Boxershorts abzustreifen. Bevor sie ihre Hand zurückziehen kann, umschließe ich das Handgelenk. Zentimeter für Zentimeter schiebe ich ihren Arm zum Ziel. Einen Moment später liegen ihre Finger auf meinem Glied – was für eine Wohltat. Mein kleiner großer Held reagiert auch sofort und richtet sich noch mehr auf. Dass sich die Augen von Jules daraufhin ein klein wenig weiten, bringt mich zum Schmunzeln. Ich erlöse sie, indem ich ihr Gelenk loslasse und mit der Hand stattdessen wieder über ihren Körper wandere. Sie hat die Beine leicht angewinkelt, dabei die Knie aneinandergepresst.

Unsere Lippen treffen sich erneut, ehe meine sich ihren Körper entlang in Richtung Mitte küssen. Mit der Zunge umkreise ich ihren Bauchnabel, fahre einmal hindurch und verlasse diese Region wieder, um zu meinem eigentlichen Ziel zu kommen. Je mehr ich mich ihm nähere, desto bereitwilliger gibt Jules die geschlossene Beinhaltung auf. Am Ende knie ich zwischen ihren Beinen und küsse mich über die Vulva. Als sich meine Zunge zwischen die Schamlippen schlängelt, wo es warm und bereits sehr feucht ist, verkrallen sich die Finger der Blondine in die Decken, auf denen wir liegen. Ein Stöhnen entfährt ihrer Kehle, das mich antreibt, auch ihrer Klitoris Aufmerksamkeit zu schenken. Die kleine Perle ist längst angeschwollen, dadurch mehr als empfänglich für jeden meiner Zungenschläge.

Nach kurzer Zeit muss ich meine Hände auf die Oberschenkel von Jules legen, um ihre aufbäumenden Bewegungen einzudämmen. Sie hebt ihr Becken, streckt sich mir und meiner Verführungswaffe entgegen. Ich spüre, dass ich sie bald so weit habe. Daher nehme ich eine Hand von ihrem Bein, um einem Finger den Weg in ihre Vagina zu zeigen. Die Stimulation dort schickt Jules noch eine Stufe höher, inzwischen beißt sie sich auf den Knöchel des Mittelfingers.

›Lass es einfach raus, Baby, außer mir wird dich hier niemand hören‹, geht es mir durch den Kopf. Sie ist auch diesbezüglich so zurückhaltend, dass es fast ein Wunder ist, wie weit sie mich agieren lässt.

Bevor ich den Gedanken weiterspinnen kann, wird die Blondine vom Orgasmus überrollt. Ihre Beine fangen an zu zittern, einen Moment später bäumt sich das Becken zuckend auf. Ich lasse meinen Finger noch ein wenig spielen, gönne nur der Klitoris Ruhe, indem ich meine Zunge zurückziehe und den Kopf anhebe.

Sekundenlang beobachte ich mit einem zufriedenen Grinsen auf den Lippen, wie Jules nach und nach von ihrem Höhepunkt herunterkommt. Als ich auch meinen Zeigefinger das Spiel beenden lasse und mich neben sie lege, sieht sie mich an.

»Wow«, raunt sie zwischen zwei Atemzügen.

»Immer zu Ihren Diensten, Mylady. Ich hoffe, die kleine Entschädigung macht es wieder gut, dass wir hier festsitzen.« Mit den Fingerspitzen streiche ich über ihre Haut, auf der sich ein Schweißfilm gebildet hat. Damit dieser nicht dazu führt, dass sie anfängt zu frieren, ziehe ich eine der Decken unter uns weg, um sie über unseren Körpern auszubreiten. Dankbar zieht Jules die Wolldecke fast bis zum Kinn. Unwillkürlich muss ich lachen, weil die Schüchternheit erneut in den Vordergrund tritt. Sie hat sich mir zuvor noch vollkommen geöffnet und nun verdeckt sie verschämt ihren wunderschönen Körper. Dieser Wechsel von Offenheit und Zurückhaltung wirkt wahnsinnig anziehend auf mich.

»Dass wir hier nicht rauskommen, habe ich total vergessen«, erwidert sie mit einem kecken Augenzwinkern. »Warum gibt es hier eigentlich kein Telefon, wenn das Problem mit der Tür bekannt ist?«

Eine berechtigte Äußerung, die mich die Stirn runzeln lässt. Da ich nicht sofort antworte, fügt Jules entschuldigend hinzu, dass die Frage nicht als Kritik gedacht war. Ich gebe ihr einen Kuss und versichere, dass ich es auch nicht so aufgefasst habe.

»Normalerweise wäre es eine Kleinigkeit, die Schließvorrichtung der Tür zu reparieren. Ich habe es nur immer wieder hinausgeschoben, weil ich mich völlig in den Betrieb des Lokals hineingekniet habe, damit es ein Erfolg wird. Alle Angestellten kennen die Vorgehensweise mit dem Keil. Dass ihn jemand außerhalb des Geschäftsbetriebes zur Seite schiebt und die Tür daraufhin zufällt, habe ich nicht einkalkuliert. Zumal ich in der Regel der Letzte bin, der abends geht.«

»So etwas funktioniert, bis ein weiblicher Gast zu später Stunde Hilfe benötigt. Tut mir leid, dass ich unsere Misere verursacht habe«, gibt sie zerknirscht zu. Die Entschuldigung steht ihr ins Gesicht geschrieben, dabei müsste ich es doch sein, der Abbitte zu leisten hat. Sanft streiche ich mit den Fingerknöcheln über ihre Wange.

»Ist es denn eine Misere?«, versuche ich die Situation zu beschwichtigen. »Wir haben es hier gemütlich, sind mit gutem Wein sowie einigen Lebensmitteln versorgt und lernen uns in allen Facetten kennen.« Die kleine Anspielung auf unsere unbekleideten Körper, lässt sie prompt wieder den Blick senken. Lächelnd umfasse ich ihr Kinn und schiebe den Kopf nach oben, bis sie mir erneut in die Augen schaut. »Ich habe nicht erwartet, dass diese Nacht so anregend werden würde. Gäbe es hier unten ein Telefon, wäre mir etwas entgangen.«

»Das stimmt«, lenkt Jules ein. Dabei verziehen sich ihre Lippen zu einem kleinen Lächeln, außerdem hält sie den Blickkontakt aufrecht. Nach einer Weile zieht sie eine Hand unter der Decke hervor, mit der sie vorsichtig über die Beule an meinem Hinterkopf streicht. »Hast du noch Schmerzen?«

»Die habe ich inzwischen total vergessen«, ziehe ich sie mit ihren eigenen Worten auf.

»Dann war der anregende Exkurs also die reinste Verdrängungstherapie«, erwidert die Blondine lächelnd. »Hoffentlich haben wir damit unser Pulver der Ablenkung noch nicht verschossen.«

›Was mich angeht, habe ich mein Pulver noch gar nicht verschossen‹, wird mir klar. Aber das behalte ich für mich, ein Grinsen kann ich jedoch nicht verhindern. Zu meiner Überraschung ruft das ein Blitzen in den Augen meines Gastes hervor. Ich habe fast den Eindruck, als hätte sie meinen Gedanken erraten.

»Die Nacht ist noch lang, wer weiß was sie weiterhin für uns bereithält«, flüstere ich ihr zu, ehe ich anfange, an ihrem Ohrläppchen zu knabbern.

»Wir könnten zunächst einmal den Wein austrinken«, schlägt Jules mit einem Kichern vor. Als ich sie daraufhin ansehe und gleichzeitig aufhöre, meine Hand über ihren Körper nach unten gleiten zu lassen, wiederholt sich der Laut. Ihre Augen weiten sich in gespielten Entsetzen, doch das ist nichts im Vergleich zu der Bemerkung, die sie folgen lässt.

»Ich glaube, nicht nur dein Kopf könnte eine erneute Kühlung gebrauchen. Außerdem bin ich nach der körperlichen Anstrengung ausgehungert … hattest du vorhin nicht Kräcker in der Hand?«

Warum nur habe ich das Gefühl, dass sie gerade mit mir spielt? Aber ich spiele gerne, also werde ich die Herausforderung annehmen. Wie gesagt, die Nacht ist noch lang…

# KAPITEL 6

Die Reste in den Weingläsern sind schnell geleert, die Tüte mit den Kräckern nur angebrochen – so groß war der Hunger dann doch nicht. Als ich eine weitere Flasche Wein holen will, legt Jules eine Hand auf meinen Arm.

»Kein Wein mehr, lieber Wasser oder Saft«, bittet sie mich. »Mir steigt der Alkohol langsam zu Kopf, schließlich habe ich schon während des Besuchs oben etwas getrunken.«

»Der Wunsch des Gastes sei mir Befehl«, bestätige ich den Getränkewechsel. »Ist Orangensaft okay?«

Sie nickt und hält mir die Weingläser entgegen, als ich mit einer Flasche des nicht-alkoholischen Getränkes zu unserem gemütlichen Lager zurückkehre. Dabei bleibt mir nicht verborgen, dass ihr Blick auch an den Gläsern vorbeigeht. Mein kleiner Held reagiert sofort, er erhofft sich mehr Aufmerksamkeit und Zuwendung.

Doch zunächst kuschele ich mich wieder unter die Decke neben Jules, die sich in der Zeit, in der ich den Orangensaft geholt habe, aufgesetzt hat. Ein weiteres Mal prosten wir uns zu und lassen die Gläser aneinanderklirren. Als ich meines absetze, rinnt ein Tropfen des Safts am Kinn herunter. Ich will ihn mit der Hand wegwischen, aber Jules hält mich auf. Bevor ich mich versehe, beugt sie sich zu mir herüber und küsst das kleine Rinnsal weg. Mit einem zufriedenen »mh« quittiert sie den Vorgang, dabei leckt sie sich über die Lippen. Mein Schwanz macht erneut deutlich auf sich aufmerksam.

Wie hypnotisiert schauen die Blondine und ich uns in die Augen. Ihr Blick lädt mich zu einem Kuss ein. Ich möchte sie jedoch herausfordern, zum Agieren animieren – sie selbst hat dieses Spiel in Gang gesetzt. Zu meiner Überraschung – und vielleicht auch ein wenig zu Jules' eigener – nimmt sie tatsächlich ihren ganzen Mut zusammen. Ihre Lippen nähern sich meinen, einen Augenblick später verschließen sie meinen Mund – eine Zärtlichkeit beginnt, die schnell leidenschaftlicher wird.

Wir schaffen es noch irgendwie, unsere Gläser abzustellen. Nur wenige Sekunden danach habe ich Jules zurück in eine liegende Position gebracht. Als ich mich an sie presse, drückt mein anwachsender Held an ihren Oberschenkel. Mal sehen, wie sie diesmal reagiert, wenn ich ihre Hand zu meiner Mitte führe. Gesagt, getan – einen Moment später liegen die zarten Finger der Blondine auf meinem besten Stück. Sie will ihre Hand vor Scham wegziehen, als durch die Berührung mehr Leben in den kleinen Freund kommt. Da meine Finger aber immer noch die ihren bedecken, verhindere ich es mit einem schelmischen Grinsen. Zögernd umfasst sie meinen Schaft, während ich zärtlich an ihrem Ohrläppchen knabbere.

Fast gleichzeitig entfährt unseren Kehlen ein Stöhnen. Meine Hand verlässt die von Jules, wandert ihren Körper entlang, um ihn erneut zu erkunden. Am Ende landet sie an der Stelle zwischen ihren Beinen, die ich bereits kenne. Dort ist es noch feucht, warm und einladend. Nachdem ich erst einen, kurze Zeit später einen zweiten Finger in die Vagina meiner Gespielin eingeführt habe, frage ich Jules dicht an ihrem Ohr, ob sie mehr will. Das scheint sich zu einer Parole zwischen uns zu entwickeln.

»Hast du was zum Verhüten?«, erwidert sie mit einer Gegenfrage.

»Allzeit bereit«, lasse ich den alten Pfadfinderspruch verlauten. Gleichzeitig ziehe ich meine Finger aus ihrem Intimbereich und suche stattdessen in der Tasche der Schürze nach einem Kondom. Dem Himmel sei Dank, dass nur ein Gast an diesem Abend nach einem Gummi gefragt hat. Triumphierend zeige ich Jules das Ding und richte mich dann auf.

Die Verpackung ist in Nullkommanix aufgerissen, das Kondom über meinen erigierten Penis gerollt. Da ich zwischen den gespreizten Beinen von Jules knie, ist der Weg vorgezeichnet. Die Augen der Blondine verfolgen jede meiner Bewegungen, unsere Blicke treffen sich, als ich mich wieder über sie beuge.

›Sie hat das doch schon einmal gemacht, oder?‹, frage ich mich, da etwas in ihren Augen aufblitzt, das ich nicht richtig deuten kann. Ist es Angst, Neugierde oder ganz was anderes? Die Zweifel verflüchtigen sich, als sie ihr Becken ein wenig anhebt. Ich bringe mich in Position und leite meinen kleinen Helden, der es kaum noch erwarten kann, in ihre feuchte Mitte. Ein verzückter Aufschrei erreicht mein Ohr, der mich dazu auffordert, mit einer rhythmischen Bewegung zu beginnen. Ich fange an, mich vor und zurück zu schieben, dabei langsam das Tempo sowie die Intensität zu steigern. Erneut beißt Jules sich nach kurzer Zeit auf einen Fingerknöchel.

›Warum nur lässt sie es nicht heraus?‹

»Niemand hört uns hier, Süße. Die Wände sind alt und dick, du brauchst dich nicht zurückzuhalten«, wispere ich an ihrem Hals. Meine Atmung geht inzwischen schneller, doch für die ermutigenden Worte reicht es. Gleichzeitig umfasse ich ihre Hand, um ihren Finger aus dem Mund zu befreien und den Arm nach oben zu strecken. Auch an der anderen Seite kreuzen sich unsere Finger, als ich ihren Arm in den Bereich über ihrem Kopf bringe. Unsere beschleunigten Atemzüge vereinen sich bei einem weiteren Kuss, ehe ich Jules in die Augen sehe.

»Schling deine Beine um meine Hüften«, rate ich ihr. Sie kommt dem Vorschlag nach, umklammert mich, so wie ich es erhofft habe. Meine Stöße werden schneller und intensiver, treiben die Blondine ein zweites Mal in dieser Nacht Richtung Erlösung. Nur noch wenige Bewegungen, dann endlich spüre ich ihre Reaktion – das Zittern der Beine, die Kontraktionen um meinen Schwanz. Ihr lauter Aufschrei folgt, was auch mich zum Höhepunkt bringt. Mit einem Stöhnen ergieße ich mich in ihr.

Zufrieden rolle ich mich nach diesem erfolgreichen Akt auf die Seite, entferne das Kondom und verknote es, um es danach neben unsere gepolsterte Lagerstätte zu legen. Ein Abfallbehälter steht im Bereich der Treppe, aber ich will dafür nicht aufstehen. Vielmehr schlinge ich meine Arme um den Oberkörper von Jules, um sie dicht an mich heranzuziehen. Ihr Atem geht noch stoßweise, kitzelt an meinem Hals, was ich genieße. Vorsorglich ziehe ich die Decke wieder über unsere Körper. Das gerade war perfekt. Sie hat Erfahrung, wenn auch nicht viel – aber es reichte aus, um uns zusammen Befriedigung zu schenken. Dass ich beim Herausgleiten geschaut habe, ob Blut am Kondom klebt, lässt mich amüsiert den Kopf schütteln. Der Gedanke ist wirklich abstrus.

»War es nicht okay für dich?«, fragt die Blondine mich

mit einem erstaunten, ja sogar zweifelnden Blick. Meine Kopfbewegung scheint sie dazu veranlasst zu haben. Sie mag ja sexuell nicht unerfahren sein, an ihrem Selbstbewusstsein sollte sie trotzdem auf jeden Fall arbeiten – oder wir gemeinsam?

›Oh, wo kommt dieser Gedanke plötzlich her? Drehst du jetzt am Rad, Kerl?‹ Die fehlende Freizeit steigt mir offenbar zu Kopf.

Mit einem Lächeln, dem zunächst ein Kuss folgt, versuche ich die Frau in meinen Armen zu beruhigen, indem ich ihr bestätige, dass es – nein SIE – wundervoll war.

»Ich habe nur den Kopf darüber geschüttelt, dass wir in einem kühlen Keller festsitzen, aber kein Stück frieren«, weiche ich aus. Meine wahre Überlegung kann ich ihr nicht verraten, das würde sie nur wieder verunsichern. Sie hat sich mir so grandios geöffnet – eine Meinung, die mein kleiner Held teilt – das will ich nicht durch eine unpassende Antwort zunichtemachen.

»Was macht die Beule?«, erkundigt sie sich. Die Hand, die auf meinem Oberarm ruht, wandert zu meinem Hinterkopf. Vorsichtig tastet Jules nur mit den Fingerkuppen nach der verletzten Stelle.

Ich umfasse die Hand, ziehe sie zu meinem Mund und küsse jeden einzelnen Fingerknöchel. Die Augen der Blondine verfolgen diese Zärtlichkeit. Als ich fertig bin, lege ich ihre Finger unter der Decke an mein Schulterblatt und umschlinge wieder die Taille von Jules. Den anderen Arm schiebe ich unter ihren Kopf.

»Das Letzte, an das ich denke, wenn du so dicht bei mir liegst, ist mein Brummschädel«, beantworte ich ihre Frage. »Deine Nähe ist die beste Medizin.«

Als Folge kuschelt sie sich noch enger an mich, drückt

mir einen scheuen Kuss auf den Oberarm und schließt für einen Moment die Augen. Selber merke ich auch eine gewisse Schläfrigkeit.

»Lass uns versuchen zu schlafen. Soll ich das Licht ausmachen oder stattdessen eine Kerze anzünden?«

»Wo ist der Lichtschalter?« Bei meiner Antwort, dass er sich oben neben der Tür befindet, fängt sie an zu schmunzeln. »Dir könnte schwindelig werden, sodass du die Treppe herunterstürzt. Das möchte ich nicht riskieren. Mehr Erste Hilfe als vorhin kann ich leider nicht leisten.«

Auch meine Mundwinkel verziehen sich zu einem Grinsen.

»Ich habe deinen Einsatz als perfekt empfunden«, entgegne ich zweideutig, was genauso bei ihr ankommt. Zum Glück hält sie meinem Blick stand, weswegen ich weiter tief in ihre blauen Augen schaue.

»Lass alles, wie es ist, das Licht stört mich nicht. Außerdem ist es momentan so kuschelig«, entscheidet sie schließlich. Zur Bestätigung bettet sie den Kopf in eine gemütliche Position und schließt die Lider. Ich gebe ihr noch einen abschließenden Kuss und tue es ihr gleich. Mit dem Daumen streiche ich über den Rücken meiner Partnerin für diese Nacht. Dabei höre ich auf ihre ruhigen Atemzüge, die immer regelmäßiger werden.

Doch obwohl ich sehr müde bin, habe ich plötzlich das Gefühl, etwas zu verpassen, wenn ich einschlafe. Also öffne ich die Augenlider wieder und betrachte Jules im gedämpften Licht der Kellerbeleuchtung. Ein zartes Lächeln liegt auf ihren Lippen, ab und an kräuselt sich ihre Nase ein wenig. So etwas habe ich noch nie bei einem Menschen gesehen. Wie kann sie schlafen und gleichzeitig ihre Gesichtszüge spielen lassen? Wie lange ich diesen Anblick verfolge, weiß ich nicht. Ich könnte auf die Uhr schauen, aber dann müsste ich die Umarmung von Jules aufgeben. Das ist keine Option für mich, da der warme Kontakt ihres Körpers an meinem so wohltuend ist. Ich habe lange auf dieses Gefühl verzichten müssen.

Ein weiteres Mal gibt das hölzerne Regal, in dem die Weinflaschen lagern, ein Knacken von sich. Obwohl sich ein paar kleine vergitterte Fenster im hinteren Bereich des Kellers befinden, dringen von draußen kaum Geräusche zu mir. Das dicke Gemäuer des alten Gebäudes schirmt die Hektik und den Trubel der Stadt fast vollständig ab. Eine angenehme Ruhe, die mich mehr und mehr entspannt. Die Lider werden schwer, mein Körper verlangt nach Schlaf. Ich werfe einen letzten Blick auf das Gesicht der Blondine, schließe die Augen und lasse mich von den monotonen Atemzügen neben mir einlullen.


In das Geräusch des Ein- und Ausatmens der Frau in meinen Armen mischt sich plötzlich eine leise Melodie. Erstaunt öffne ich die Augen wieder und hebe den Kopf, um besser lauschen zu können. Prompt wacht Jules auf – sie hat einen erstaunlich leichten Schlaf. Oder war sie noch gar nicht ins Land der Träume abgetaucht? In ihren Augen steht die Frage, was los ist.

»Dort oben ist jemand. Ich kann ein Telefon klingeln hören, aber meines oder das des Ladens ist es nicht«, informiere ich sie. Daraufhin horcht auch sie nach der Melodie.

»Das ist mein Handy«, konstatiert sie, als ich mich erheben will, um auf uns aufmerksam zu machen.

»Bist du sicher?«

Jules konzentriert sich ein weiteres Mal auf das leise

Summen, das von oben zu uns dringt. Nach ein paar Sekunden nickt sie. Einen Augenblick später hört die Melodie auf, die Stille des Kellers umschließt uns wieder.

»Tut mir leid, dass es kein Retter ist«, murmelt sie. Ihr Kopf senkt sich in die vorherige Schlafposition, die Augen sind jedoch weiter auf mich gerichtet. Es scheint ihr überhaupt nichts auszumachen, hier mit mir eingesperrt zu sein.

Während ich mich darüber freue, merke ich, dass es mir ebenso geht. Mein Elan, aufzuspringen, nach oben zur Tür zu laufen, um dagegen zu klopfen und zu rufen, verschwindet ins Nirwana. Wozu die angenehme Gesellschaft aufgeben, die ich so lange nicht mehr genossen habe, weil ich mich viel zu sehr auf den Laden konzentriert habe?

Wir blicken uns noch ein paar Minuten in die Augen, ehe die Lider wieder schwer werden, da die Müdigkeit die Herrschaft über unsere Körper zurückerobern will. Kurz nachdem Jules die Augenlider geschlossen hat, mache ich es ebenso. Doch anstatt in den Schlaf zu driften, breitet sich urplötzlich ein Gedanke bei mir aus.

›Wie kann es das Handy der Blondine gewesen sein, wenn der Akku leer ist?‹

»Dein Akku ist doch aufgebraucht«, spreche ich das Kuriosum der Aussagen von Jules aus. Als ich zu ihr schaue, hat auch sie die Lider wieder aufgeschlagen. Ein schelmisches Grinsen ziert ihr Gesicht, auf den Wangen haben sich winzige Grübchen gebildet. Offenbar versucht sie, ein Lachen zu unterdrücken. »Das war also nur ein Vorwand?«

»Ja, entschuldige bitte die kleine List, aber ich wollte nicht einfach so nach Hause fahren. Dass der Wagen nicht ansprang, war, als würde mich so etwas wie das Schicksal anstupsen.«

Im Moment weiß ich nicht, ob ich amüsiert oder verärgert sein soll. Angesichts des verlegenen Augenaufschlags der Blondine in meinen Armen entscheide ich mich dafür, mich geschmeichelt zu fühlen. Schließlich hat sie all ihren Mut zusammengenommen und an die Tür geklopft, um noch ein wenig Zeit mit mir zu verbringen. Meine Fügung des Schicksals ist es, dass aus den paar zusätzlichen Minuten nun eine ganze Nacht und vermutlich ein weiterer halber Tag geworden ist.

»Dein Schicksalsstupser ist mir sehr sympathisch«, wispere ich ihr zu. »Danke, dass du auf ihn gehört hast.«

»Du bist also nicht verärgert?«, hakt sie nach.

»Fragst du mich das allen Ernstes? Wie könnte ich nach dem Verlauf deiner Rückkehr in den Laden sauer auf dich sein?« Diesmal ist meine Antwort keine Schutzbehauptung, sondern die reine Wahrheit. Gut, es mag ein ungewöhnlicher Weg gewesen sein, erneut Kontakt aufzunehmen. Das hätte Jules auch einfacher haben können, aber dazu ist sie nicht selbstbewusst genug. Es war für eine derart schüchterne Frau mutig und kostete bestimmt Überwindung, nur für die Wartezeit auf das Taxi zurückzukehren. Zumal sie nicht ahnen konnte, dass ich sie nicht auf dem Gehweg vor der Lounge auf den Wagen warten lasse. Oder doch?

›Nein, so leicht bin ich nun auch wieder nicht zu durchschauen!‹

»Das Anstupsen ist ansteckend«, erklärt sie mit einem Augenzwinkern. Im ersten Moment kommt mir in den Sinn, dass sie meinen kleinen Helden meint, der vorhin an ihrem Oberschenkel auf sich aufmerksam gemacht hat. Ganz sicher bin ich mir allerdings nicht, da Jules plötzlich einen geheimnisvollen Glanz in den Augen hat.

»Was möchtest du denn anstupsen?« Meine Stimme klingt rau und kehlig. Jetzt spielen mir schon meine Stimmbänder einen Streich, indem sie mich wie einen pubertierenden Teenager dastehen lassen. Die zurückhaltende, scheue Art von Jules färbt auf mich ab, dabei wollte ich es doch sein, der sie führt. Als ich sie in Erwartung der Antwort betrachte, verstärkt sich das Leuchten in ihren Augen. Ihre Miene hat etwas Verspieltes, von Müdigkeit ist rein gar nichts mehr zu entdecken. Unwillkürlich halte ich vor Spannung den Atem an.

»Das erzähle ich dir morgen früh«, bringt sie mich mit wenigen Worten wieder auf den Boden der Tatsachen zurück. Als Folge lasse ich leise die Luft entweichen.

›Ha, da schreckt aber jemand im letzten Moment vor seinem eigenen Übermut zurück!‹, wird mir klar. Stutzig macht mich nur der spitzbübische Ausdruck auf den Zügen der Blondine. Ich hätte jetzt eher erwartet, dass sie erneut verschämt den Blick abwendet. Vielleicht taut sie so langsam auf. Warum auch nicht, schließlich haben wir uns bereits auf eine Weise kennengelernt, die kaum noch Fragen offenlässt.

»Träum was Schönes«, wünsche ich Jules, ehe ich ihr eine Art Gute-Nacht-Kuss auf die Lippen drücke. Als ich meinen Kopf zurückziehe, folgt sie mir, sodass sich der Abstand zwischen uns nur unwesentlich vergrößert. Ich halte inne und schon vereinen sich unsere Münder wieder.

Diese Frau ist ein Mysterium, ich werde nicht schlau aus ihr. Zum Glück habe ich noch ein paar Stunden Zeit, um mehr von ihr zu ergründen…

# KAPITEL 7

Als ich die Lider öffne, versinke ich direkt in dem strahlenden Blau der Augen von Jules, die dicht bei mir liegt. Die Erinnerung, wo wir sind und was wir in der Nacht erlebt haben, ist sofort präsent, vertreibt die Schläfrigkeit. Normalerweise bin ich morgens jemand, der ein wenig Anlaufzeit benötigt, doch heute ist sogar mein kleiner Held beim Anblick der Blondine vor mir, schlagartig wach.

»Guten Morgen«, begrüßt sie mich. Ich erwidere den Gruß und vervollständige ihn mit einem Kuss. Sie schmeckt noch genauso gut, wie ich es in Erinnerung habe. Nachdem sich auch unsere Zungenspitzen Hallo gesagt haben, streiche ich mit dem Daumen über die Wange meiner Mitgefangenen.

»Seit wann bist du schon wach?«

»Ich glaube, es sind nur ein paar Minuten«, erwidert sie. »Hier unten verliere ich jedes Zeitgefühl. Zum Glück scheint ein wenig Licht durch die Fenster dort«, fügt sie mit einem Nicken in Richtung der hinteren Räume, die zum Parkplatz hinausgehen, hinzu. »Daher bin ich mir zumindest sicher, dass die Nacht vorüber ist.«

Nachdem ich einen Blick auf meine Uhr geworfen habe, gebe ich die aktuelle Zeit an Jules weiter. Es ist kurz nach 9 Uhr, sehr viel haben wir nicht geschlafen, trotzdem fühle ich mich ausgeruht. Entspannter könnte ich den Tag auch nicht beginnen, wenn ich Zuhause in meiner Wohnung wäre. Vor allem, weil ich dann nicht als Erstes beim Wachwerden den Körper eines anderen Menschen gespürt hätte. Die Nähe von Jules' warmer weicher Haut, die meine unter der Decke an einigen Stellen berührt, macht diesen Morgen zu etwas Besonderem. Dabei gerät völlig in den Hintergrund, dass ich gewöhnlich einen Espresso brauche, um motiviert in den Tag zu starten. Eines meiner Körperteile ist auch ohne das Hilfsmittel bereits gut gelaunt in Lauerstellung.

»Hast du Hunger?«, versuche ich mich von diesem Gedanken abzulenken.

»Ich nehme ein Croissant mit Frischkäse, dazu bitte einen Milchkaffee.«

›Oh, wieder eine neue Seite an der scheuen Blondine. Kurz nach dem Aufwachen ist sie schon zu Scherzen aufgelegt.‹

»Natürlich, Mylady, ich empfehlen Ihnen an diesem Morgen einen frisch aufgebrühten Kaffee der Sorte Jamaica-Blue«, gehe ich auf ihre Anspielung ein. Mal sehen, ob ich sie mit meinem Wissen über extravagante Gaumengenüsse beeindrucken kann. »Den sollten Sie aber unbedingt ohne Milch oder Süßungszusatz genießen.

»Jamaica-Blue?«, hakt Jules wie von mir erhofft nach. »Kommt er tatsächlich aus Jamaika?«

Ich nicke und erläutere, dass die Bohnen lediglich auf einer Höhe zwischen 910 und 1700 Metern gedeihen, sowie ausschließlich auf einer Fläche von 7000 Quadratmetern in Jamaika angebaut werden.

»Durch die Klimabedingungen hat die Sorte ein volles, nussiges Aroma, das in meinen Augen seinesgleichen sucht. Da die Bohnen in der Höhenlage unter erschwerten Bedingungen von Hand geerntet werden müssen und eine lange Reifezeit haben, sind sie leider sehr kostspielig.«

»Wie teuer?« Das Interesse von Jules an einem meiner

Lieblingsthemen freut mich.

»Ungefähr fünf Dollar die Unze.« *(Anmerkung: 150 € pro Kilo)*

»Wow«, entfährt es ihr. »Hast du die Sorte schon einmal probiert?«

»Mein Vater hat mir zur Eröffnung des Ladens ein halbes Pfund davon geschenkt. Ich habe ein Ritual daraus gemacht, indem ich die erste Portion zusammen mit ihm und meinen Angestellten genossen habe. Ganz andächtig haben wir das frisch zubereitete Gebräu aus kleinen Tassen schluckweise getrunken. Mein Gaumen hat in Sachen Kaffee nichts Vergleichbares mehr erfahren, seitdem der Vorrat aufgebraucht ist.«

Ein breites Lächeln zeichnet sich bei meinen Worten auf den Zügen von Jules ab.

»Was ist?«, frage ich irritiert.

»Ich habe noch nie gehört, wie jemand so andächtig von Kaffee schwärmt.«

Meine Mundwinkel verziehen sich ebenfalls zu einem Lachen. Doch bevor ich etwas sagen kann, spricht Jules weiter, was meine Erheiterung anwachsen lässt. Nicht nur meine Erheiterung, wie ich feststellen muss.

»Außerdem stellt sich mir bei deiner Formulierung die Frage, welche anderen Genüsse deinen Gaumen in ähnlicher Weise erfreut haben.« Der Augenaufschlag, mit dem sie die Bemerkung unterstreicht, veranlasst mich dazu, laut aufzulachen. Die Antwort ist mehr als klar, das wissen wir beide.

»Manche Geschmäcker werden durch die Begleitumstände zum Genuss«, deute ich an.

Die kurze Sequenz mit dem Augenaufschlag ist leider im selben Moment vorbei und der scheue Ausdruck kehrt zurück. Ich lege meinen Zeigefinger auf die Lippen von Jules und fahre von dort über ihr Kinn sowie den Hals hinab zu dem herzförmigen Muttermal.

»Das Herz am rechten Fleck, sogar gleich doppelt«, flüstere ich ihr zu, ehe ich zuerst einen Kuss auf die einzigartige Stelle an der Brust und danach auf die Lippen der Blondine drücke. Da sie bereitwillig auf den Kuss eingeht, wird er schnell leidenschaftlicher. Ein morgendlicher Auftakt, der mir immer mehr zusagt. Das ist besser als jeder Kaffee, selbst wenn es die Sorte Jamaica-Blue ist.

»Kommen wir auf die Frühstücksfrage zurück«, schlage ich vor, nachdem wir uns voneinander gelöst haben. »Soll ich schauen, was Leckeres unter den Vorräten zu finden ist?« Wenngleich es mich reizt, zu testen, wie lange man von Luft und Liebe leben kann, kommt der Gastwirt bei mir durch.

»Gerne«, nimmt sie das Angebot lächelnd an. »Bevor ich allerdings etwas trinke, muss ich erst einen Ausgleich schaffen. Gibt es dafür hier unten eine Möglichkeit?«

Obwohl der Keller gut ausgestattet ist – mal abgesehen von einem Telefon, wie wir bereits geklärt haben – kann ich nicht mit einer Toilette dienen. Im letzten Raum befindet sich jedoch ein Abfluss im Boden, außerdem ist an einer der Wände ein kleines Waschbecken montiert. Ich bin mir sicher, dass der Wasserhahn noch funktioniert. Als ich Jules davon erzähle, atmet sie erleichtert auf. Nachdem wir in unsere Shirts und Slips geschlüpft sind, zeige ich ihr den hinteren Bereich. Unter dem Waschbecken entdecke ich zudem einen alten Eimer, von dem ich nicht weiß, wer ihn dort abgestellt hat. Im Stillen danke ich demjenigen dafür. Das erspart uns die Mühe, die leere Weinflasche mit

Wasser zu füllen, um »nachspülen« zu können – ein Eimer ist da wesentlich effektiver.

Während Jules sich mit der ungewöhnlichen Lage arrangiert, gehe ich in den vorderen Keller zurück. Aus den Vorräten fische ich eine Tüte mit Amarettini sowie eine Packung Nüsse hervor. Andere Läden könnten in derselben Situation wahrscheinlich mit eingeschweißten kleinen Kuchen oder Muffins dienen. Meine Lounge führt solche Dinge aber nicht, da mein Koch Dylan, auch derartige Köstlichkeiten selber zubereitet.

Zusammen mit den Kräckern von heute Nacht kann ich wenigstens eine kleine Auswahl bieten. Notfalls gibt es noch Blockschokolade und andere Backzutaten wie Rosinen, die vielleicht Anklang bei Jules finden. In diesem Zusammenhang fällt mir ein, dass auf dem Tisch neben der Treppe Pistazien liegen, die ich aber zunächst dort lasse. Stattdessen greife ich nach einer Flasche mit Milch. Diese stelle ich neben zwei saubere Gläser auf die Truhe bei unserem Nachtlager, das nun als Frühstücksbereich dienen soll. Gleich darauf räume ich alles wieder herunter, da meinem geschulten Auge das Fehlen von Servietten aufgefallen ist.

Als ich, nach der Entnahme eines Pakets in grüner Farbe, den Deckel der Truhe herunterklappe, bemerke ich im Augenwinkel eine Bewegung am Durchgang zum hinteren Bereich. Jules hat sich dort an die Wand gelehnt und beobachtet mich. Sie hat nicht nur ihre Blase erleichtert, sondern auch die Frisur geordnet. Die Strähnen, die sich über Nacht gelöst hatten, sind erneut streng zurückgebunden. Schade eigentlich.

Ihr Gesicht schimmert rosig, die Wangen sind noch etwas feucht. Auf ihrem Shirt zeichnen sich ein paar nasse Stellen ab. Der Wasserhahn funktioniert also in der Tat. Ich reiche der Blondine eine der Servietten, damit sie sich die Hände trocknen kann. Nebenbei frage ich, warum sie nicht näher kommt.

»Ich wollte nicht riskieren, dass du dich ein weiteres Mal erschreckst und mit dem Kopf die Festigkeit der Truhe testest«, erwidert sie mit einem Lächeln, in das ich nickend einstimme.

Gemeinsam richten wir eine Art Buffet auf dem Deckel der Schatztruhe an. Während Jules anfängt, sich ein Frühstück zusammen zu stellen, gehe ich in den hinteren Bereich des Kellers, um ebenfalls die provisorische Toilette auszuprobieren und mich kurz zu waschen. In diesem Punkt will ich meinem Gast in nichts nachstehen.

Bei meiner Rückkehr sitzt Jules bereits wieder mit dem Rücken an die Truhe gelehnt auf unserer Lagerstätte. Mit einem Glas Milch und einer Mischung der restlichen Zutaten auf eine Serviette als Tellerersatz gepackt, mache ich es mir neben ihr gemütlich. Gut gelaunt stoßen wir mit der Milch an, ehe wir uns über das ungewöhnliche, aber schmackhafte Frühstück hermachen.

Im Laufe des Gesprächs, in dem wir uns gegenseitig weitere Begebenheiten aus unserem Leben erzählen, verringert sich der Abstand zwischen unseren Beinen immer mehr. Da meine neue Bekanntschaft sehr lebhaft erzählt, streift sie mit einem Mal mit dem Fuß meinen Unterschenkel. Sie unterbricht im selben Moment ihre Erzählung und schaut mich an. Unsere Blicke kleben aneinander. Völlig synchron bewegen wir die Köpfe aufeinander zu, bis sich die Lippen berühren. Die von Jules schmecken nach Milch, die Zunge dagegen mehr nach Amaretto. Ein weiterer köstlicher Geschmack, der mir an ihr gefällt.

Mit den Zehen fährt die Blondine meinen Unterschenkel entlang, als wir uns nach dem Kuss ansehen. Aus der zufälligen Berührung wird eine bewusste, die sehr anregend auf mich wirkt. Meine Hand wandert zu ihrem Oberschenkel und streicht sanft darüber. Jules nimmt das als Aufforderung, dichter an mich heranzurücken. Ich hebe den Arm, damit sie sich an meine Brust schmiegen kann, was sie auch sofort tut. Als ich ihr einen Kuss aufs Haar drücke, fällt mein Blick auf die Schürze, die neben unserer Lagerstätte liegt. Die Ecke einer Kondomverpackung lugt aus der Tasche hervor. Was für ein reizvoller Gedanke, das Frühstück auf diese Weise zu vervollständigen.

»Wie spät ist es?«, murmelt Jules an meiner Brust. Als ich ihr die Uhrzeit nenne, zuckt sie kurz zusammen. »Dann versammeln sich meine Kollegen gerade zum Meeting im Konferenzraum, um über die aktuellen Projektstände zu berichten und die neuen Aufgaben zu verteilen.«

»Wirst du Ärger bekommen, weil du unentschuldigt fehlst?«, frage ich besorgt.

Jules schaut mich schelmisch an. »Vermutlich werde ich mit zehn Stockschlägen bestraft«, zieht sie mich auf.

»Eine sehr fortschrittliche Art mit Fehlzeiten umzugehen«, kommentiere ich lachend. »Aber mal im ernst, welche Folgen hat es, dass du nicht in der Kanzlei bist? Verpasst du etwa auch noch einen Gerichtstermin?«

Im Stillen hoffe ich, dass es nicht so sein wird, sodass wir den restlichen Tag weiterhin in dieser beschwingten Stimmung verbringen können. Wie aufs Stichwort ertönt in dem Moment von oben das leise Klingeln von Jules' Handy. Stirnrunzelnd lauschen wir dem Geräusch bis es aufhört.

»Vermutlich spricht man mir nun die Androhung von weiteren fünf Schlägen auf die Mailbox, wenn ich mich nicht schnellstmöglich melde.«

»Bei wem werden sie nachfragen, wenn du nicht zu erreichen bist?«, erkundige ich mich.

»Meinst du eine Art beruflicher Notfallkontakt?«, hakt Jules nach. »Ich fürchte, damit kann ich nicht dienen. Meine Kollegen werden außerdem sicher nicht in Panik geraten oder eine Vermisstenanzeige aufgeben. Wie sieht es bei dir aus?«

Ich schüttle lächelnd den Kopf. »Kein Notfallkontakt, und da ich meine Angestellten nicht täglich zu Kontrollzwecken anrufe, wird mein Untertauchen ebenfalls so schnell nicht auffallen.«

»Wenn wir hier rauskommen, spendiere ich dir die Installation eines zusätzlichen Telefons.«

»Gute Idee, im Gegenzug verspreche ich, dass ich mich um deinen lädierten Hintern kümmern werde«, kontere ich augenzwinkernd.

»Lädierter Hintern?«, wiederholt Jules fragend mit weit aufgerissenen Augen. Der Anblick ruft ein lautes Auflachen bei mir hervor.

»Wenn ich richtig gezählt habe, bist du inzwischen bei fünfzehn Stockschlägen angekommen«, kläre ich sie auf, woraufhin sie in das Lachen einstimmt. Je länger ich sie dabei beobachte, desto mehr drängt sich ein Gedanke nach vorne, den ich schließlich ausspreche. »Oder gefällt dir eine derartige Form der Bestrafung?«

Schlagartig beendet diese Frage das Lachen von Jules. Ein

weiteres Mal schaut sie mich mit großen Augen an.

»Willst du wissen, ob ich auf BDSM stehe?« Ich nicke und warte gespannt auf ihre Antwort. »Ich habe das zwar noch nie ausprobiert, aber ich denke, dass das nichts für mich ist«, erklärt sie leise. Da ich nicht sofort antworte, hakt sie nach, ob ich daran Interesse habe.

»Nein«, erwidere ich. Als Folge lässt Jules die Luft entweichen, die sie in Erwartung meiner Antwort angehalten hat. »Ich kann mir nicht vorstellen, dass diese zarte Haut noch anziehender auf mich wirken könnte, nur weil sie eine rötliche Färbung von Schlägen aufweist. Viel lieber würde ich sie liebkosen.«

»Zarte Haut am Hintern?« Mit einem skeptischen Gesichtsausdruck legt Jules sich auf die Seite und streckt das genannte Körperteil ein wenig in die Höhe. Ihre Hand fährt darüber, schiebt dabei das Oberteil aus dem Weg. Ein verführerischer Anblick, der nicht spurlos an mir vorüberzieht.

»Das muss ich genauer erkunden«, flüstere ich der Blondine zu. Da sie nicht protestiert, umfasse ich ihre Taille und hebe ihren Körper auf meinen Schoß. Langsam wandern meine Hände in Richtung des Anschauungsobjektes, das ich schließlich ein wenig knete. »Wie ich es mir dachte«, gebe ich ein Urteil ab, »cremig zart, ohne die geringste Spur einer Strieme. Du warst also in letzter Zeit immer brav bei der Arbeit.«

Jules legt lächelnd ihre Finger an meine Wangen, reibt mit den Daumen über die Bartstoppeln, die sich ihren Weg hinaus gesucht haben. Ein ziemlicher Kontrast zu der glatten Haut, an der meine Fingerspitzen liegen.

»Ziemlich rau«, stellt sie fest. Dabei bilden sich Grübchen neben ihren Mundwinkeln. »Du wirst sicher verstehen, dass ich dich damit nicht an meinen cremig zarten Popo lassen kann«, führt sie ihre Beurteilung fort.

Jetzt erkenne ich auch die Ursache für ihre Grübchen – Jules kann sich das Lachen kaum noch verkneifen. Verzweifelt versuche ich, nicht zu grinsen, um auf das Spiel einzugehen. So ein Biest – ein süßes Biest, das immer weiter auftaut. Zudem steht sie kurz davor, zu agieren und die Führung zu übernehmen. Das will ich auf keinen Fall verpassen. Neugierig warte ich darauf, was sie als Nächstes machen wird. Mein kleiner Held wappnet sich ebenfalls.

Nachdem Jules den Sitz auf meinem Schoß zurechtgerückt hat, umschließen ihre Finger die meinen. Unsere Blicke kleben aneinander, als sie meine Hände von ihrem Hinterteil löst. Einen Moment später schmiegt sie ihre Wange in eine meiner Handflächen.

»Diese Haut dagegen ist streichelzart. Die kann ich ohne Bedenken zulassen«, erklärt sie zwinkernd. Sie haucht noch ein paar Küsse auf die Knöchel und gibt meine Hände danach frei.

Wie selbstverständlich wandern sie den Oberkörper von Jules hinunter, um ihre Position wieder einzunehmen. Während ich die Fingerkuppen am Rand des Slips entlangfahren lasse, legen sich die Hände der Blondine an meinen Hals. Entgegen der Wachsrichtung lässt sie ihre Fingerspitzen über die Bartstoppeln gleiten. Als Jules sich nach vorne beugt, schließe ich in Erwartung eines Kusses die Augen. Gleichzeitig schieben sich meine Hände unter den Stoff der Unterwäsche, streichen wie gewünscht über die Haut an ihrem Po.

›Verflucht, warum haben wir etwas angezogen?‹, geht es mir durch den Kopf, als mein Schwanz immer wacher wird und feststellt, dass sein Weg durch eine doppelte Lage Stoff aufgehalten wird. Von dem Gedanken werde ich jedoch abgelenkt, als ich die Berührung von Lippen auf meinem Mund spüre. Unsere Zungen gehen auf Wanderschaft, locken sich gegenseitig, spielen miteinander. Ein Stöhnen untermalt das Spiel, als Jules sich ein weiteres Mal auf meinem Schoß bewegt.

Mit einem Ruck zieht die Blondine ihren Kopf zurück und beendet damit auf abrupte Weise unseren Kuss. Erstaunt sehe ich sie an.

»Was ist los?«, frage ich leise.

»Oben hat etwas geklappert«, flüstert sie mir zu. Gleich darauf schließt sie die Augen, um sich besser konzentrieren zu können. Ich folge ihrem Beispiel.

Gebannt lauschen wir – sekundenlang – aber alles ist ruhig. Da wir beide betont flach atmen, ist selbst das kaum zu hören. Kopfschüttelnd öffnen wir die Lider schließlich wieder.

»Falscher Alarm«, entschuldigt Jules sich. »Wo waren wie stehengeblieben?« Ich grinse und strecke ihr meinen Mund entgegen, um den anregenden Kuss fortzuführen. Gleichzeitig knete ich ihren Hintern als Erinnerungsstütze. Lächelnd nähert Jules sich mir, ihre Hände verkrallen sich in meinen Haaren. »Ich erinnere mich«, wispert sie mir zu. Ihre Lippen sind nur noch Millimeter von meinen entfernt, als ein Scheppern gefolgt von einem Fluch zu hören ist.

Oben im Laden ist tatsächlich jemand…

# KAPITEL 8

Die Geräusche, die von oben zu uns dringen, lassen die Blicke von Jules und mir in Richtung Kellertür fliegen. Im nächsten Moment schiebe ich meine Gespielin vom Schoß. Auch wenn unser Beisammensein soeben wieder einen vielversprechenden Verlauf genommen hat, reizt es mich spontan mehr, aus dem unfreiwilligen Gefängnis befreit zu werden.

Ich schaffe es gerade noch, in meine Hose zu schlüpfen und Jules die Decke zuzuwerfen, als an der Außenseite der Kellertür der Knauf in den Beschlag geschoben wird. Bevor ich die Treppe erreicht habe, öffnet sich die Tür. Vor sich hin gemurmelte Wortfetzen dringen an mein Ohr. Ich erkenne die Stimme von Dylan, ehe er durch den Türspalt schlüpft und wie selbstverständlich nach dem Keil Ausschau hält.

»Welcher Depp hat das Licht angelassen?«, kommentiert er die Tatsache, dass der Raum nicht im Dunkeln liegt. Im selben Moment entdeckt er das Holzstück, welches das Zufallen der Tür verhindern soll, und schiebt es mit dem Fuß vor die Türschwelle.

»Danke, Dylan, der Depp bin ich«, rufe ich ihm zu. Ein weiteres Scheppern ertönt, diesmal wesentlich lauter, da die Metallschüssel direkt oben auf der Empore auf den Boden fliegt.

Nachdem mein Koch den Schreck überwunden hat, schaut er zu mir herunter. Ein Runzeln erscheint auf seiner Stirn, als er erst mich und danach die Umgebung um mich herum scannt. In dem Augenblick bin ich froh, dass ich vor dem Frühstück das benutzte Kondom in den Behälter neben der Treppe geworfen habe. Als ich jedoch Dylans Blick bemerke, der an Jules hängengeblieben ist, die noch auf unserem Nachtlager sitzt, wird mir klar, dass auch so offensichtlich ist, was wir hier veranstaltet haben. Die Blondine hat zwar die Decke über ihren Beinen ausgebreitet, doch der schwarze BH hebt sich kontrastreich von der grauen Hose ab, auf der er liegt. Beide Kleidungsstücke befinden sich in Dylans direktem Blickfeld und schreien zusammen mit dem Bett aus Kissen und Decken unsere Betätigung heraus.

Mit einer theatralischen Geste hält sich mein Angestellter die Hand vor die Augen. Seine Mundwinkel zucken verräterisch, als er die Finger ein wenig spreizt, um mich so ein weiteres Mal zu mustern.

»Ich fange mit was anderem an«, ruft er mir mit einem Grinsen zu. »Bring doch bitte die Sachen mit, die unten auf dem Tisch liegen – ich will ein neues Rezept ausprobieren.«

Ich nicke ihm zu und ziehe demonstrativ den Reißverschluss meiner Hose hoch. Dabei wird mir klar, was Dylan vermutlich zu sehen bekommen hätte, wenn er ungefähr eine Viertelstunde später aufgetaucht wäre.


Nachdem wir wieder unter uns sind, drehe ich mich zu Jules um. Sie hat die Decke inzwischen bis zum Hals um sich gehüllt. Ihr Oberkörper wird von einem Zittern erschüttert. Ich trete besorgt einen Schritt näher, bemerke dann jedoch, dass sie sich vor Lachen kaum noch halten kann. Eine weitere Situation, in der die Blondine sich auf den Fingerknöchel beißt, um nicht laut mit ihrer Gefühlsäußerung herauszuplatzen.

»Eines Tages wirst du daran ersticken«, werfe ich ihr amüsiert zu.

Sie schaut mit einem kecken Blick durch ihre langen Wimpern zu mir auf und wischt sich eine Träne aus dem Augenwinkel.

»Seine Reaktion war Gold wert«, erwidert sie immer noch lachend. »Wer war das?« Obwohl sie die Decke weiterhin so hält, dass man kaum etwas von ihrem Körper sehen kann, hat ihre Haltung nichts von Scham oder Peinlichkeit. Ganz im Gegenteil, der gesamte Ausdruck von Jules strahlt Belustigung aus.

Wie magisch werde ich davon angezogen. Anstatt meiner Begleiterin die Kleidung zu reichen, setze ich mich zu ihr. Unsere Blicke treffen sich, als ich mit dem Daumen am Rand ihrer Unterlippe entlangstreiche. Sie legt ihre Hände um mein Gesicht, was dazu führt, dass die Decke an ihrem Oberkörper herunterrutscht. Durch das dünne Shirt zeichnen sich ihre Nippel ab. Ich nehme es im Augenwinkel deutlich wahr, obwohl wir uns immer noch sehr intensiv gegenseitig in die Augen sehen. Im nächsten Moment berühren sich unsere Lippen, wenig später auch die Zungenspitzen. Als wir in einem Kuss versinken, rückt die geöffnete Tür des vorübergehenden Gefängnisses vollkommen in den Hintergrund.

»Das war Dylan, mein übereifriger Koch«, beantworte ich die Frage, nachdem wir uns ein wenig atemlos voneinander gelöst haben. »Zu unserem Glück nutzt er den Ruhetag, um neue Köstlichkeiten auszuprobieren und zu kreieren.«

»Apropos, solltest du ihm nicht seine Zutaten bringen? Mir könntest du vorher meine Klamotten reichen.«

Einen Kuss stehle ich mir noch, bevor ich mich – zugegebenermaßen ein bisschen enttäuscht über das abrupte Ende unseres Stelldicheins – erhebe, um dem Wunsch von Jules nachzukommen. Inzwischen hatte ich mich fast auf den ungewöhnlichen Verlauf meines freien Tages gefreut. Mit einer Verbeugung überreiche ich der Blondine ihre Kleidung.

»Darf es sonst noch etwas sein?«

»Eine Kaffeespezialität wäre super, wenn es nicht zu viel Mühe macht.«

›Zu viel Mühe? Diese Frau hat keine Ahnung, was ich nach der letzten Nacht alles für sie auf die Beine stellen würde‹, geht es mir durch den Kopf. Gleichzeitig stelle ich erleichtert fest, dass sich unsere gemeinsame Zeit verlängert, wenn sie noch auf einen Kaffee bleibt.

»Milchkaffee?«, schlage ich vor, da ich mich an ihre Bestellung nach dem Aufwachen erinnere. »Die Croissants müsste ich liefern lassen, falls Dylan sie nicht hervorzaubern kann.«

»Der Kaffee reicht völlig«, erwidert sie lächelnd. »Gegessen haben wir ja schon, mein Hunger ist gestillt.«

›Meiner nicht, zumindest ein bestimmter nicht‹, wirft mein kleiner Held ein. Diesbezüglich haben wir eine Durststrecke beendet, die Lust auf mehr macht. Der Wortwitz bringt meine Mundwinkel zum Zucken. Seit gestern Abend sucht sich diese Fähigkeit neuerdings ihren Weg in meine Gedanken. Um mich abzulenken, sage ich zu, mich um unsere Getränke zu kümmern. Die routinierte Arbeit im Laden wird mich und meinen Schwanz hoffentlich von allen anderen Wunschgedanken ablenken.

»Lass den Keil, wo er ist«, scherze ich augenzwinkernd, ehe ich mich auf den Weg mache. Ich will meinen Fuß soeben auf die erste Stufe setzen, als mein Blick auf die

Zutaten fällt, die auf dem Tisch neben der Treppe liegen. Dylan wird mich für einen doppelten Deppen halten, wenn ich die jetzt nicht mit nach oben bringe. Grinsend greife ich nach den Sachen.

Bevor ich nach oben gehe, schaue ich noch einmal über die Schulter zu Jules. Sie ist inzwischen aufgestanden und hat das Shirt ausgezogen, um den BH anzulegen. Von dem Anblick muss ich mich regelrecht losreißen. Im Stillen hoffe ich, dass ich erneut in den Genuss kommen werde, diese zarte Haut zu liebkosen.

Wie erwartet finde ich Dylan in der Küche vor. Er studiert konzentriert ein Rezept und bemerkt mich erst, als ich die Zutaten auf den Tisch lege. Mit einem neugierigen Blick mustert er mich von oben bis unten, sagt aber nichts. Ein schmales Grinsen ziert sein Gesicht, das ich erwidere.

»Danke, dass du uns befreit hast.«

Dylans Mundwinkel verziehen sich bei meinen Worten noch mehr.

»Oh, du bist mir dankbar? Ich hatte den Eindruck, als hättet ihr eure Gefangenschaft sehr genossen«, kommentiert er in seiner gewohnt trockenen Art. Als ich nur mit einem vielsagenden Blick und dem mehrmaligen Hochziehen der Augenbrauen reagiere, weiten sich seine Augen. »Was? Details, ich will Details.«

»Später«, wiegle ich ab. »Zunächst muss ich mich darum kümmern, dass mein Gast seinen Milchkaffee bekommt.« Ohne auf Dylans Protest zu achten, drehe ich mich um und gehe in den Restaurantbereich, wo sich der Kaffeeautomat befindet.

Die Maschine ist mit dem Mahlen der Kaffeebohnen beschäftigt, als Jules sich zu mir gesellt. Interessiert beobachtet sie, wie ich die Milch anwärme und nur leicht aufschäume. Als ich ihr das Getränk in einer großen breiten Tasse samt Untertasse reiche, schnuppert sie mit einem genießerischen Ausdruck daran. Nachdem ich mir einen Espresso zubereitet habe, weise ich auf den kleinen Tisch, an dem sie gestern Abend bereits gesessen und mir bei den Abschlussarbeiten zugesehen hat. Zusammen nehmen wir dort Platz und trinken den ersten Schluck unseres Gebräus.

Vor dem Laden fährt ein Bus vorbei, der die Aufmerksamkeit von Jules auf sich zieht.

»Wo ist die nächste Haltestelle?«, will sie wissen. Ich erkläre ihr, dass sie am Ende des Blocks ist und warte, ob sie in Hektik verfällt, doch das ist nicht der Fall. Wieder macht sich Erleichterung bei mir breit.

Jules nickt, nimmt einen weiteren Schluck ihres Milchkaffees und lehnt sich auf dem Stuhl zurück. Es gefällt mir, wie sie die Tasse mit beiden Händen umfasst. Noch mehr allerdings spricht mich ihre Zungenspitze an, die nach dem Trinken über die Lippen fährt. Nur der Signalton eines Handys, der die Situation äußerst störend unterbricht, hält mich davon ab, die Hand auszustrecken, um mit den Fingern den Weg der Zunge nachzuzeichnen.

Die Blondine stellt die Tasse ab, holt ihr Telefon aus der Tasche, wirft einen Blick auf die Nachricht, schüttelt den Kopf und tippt eine kurze Antwort. Als sie wieder aufschaut, huscht ein entschuldigendes Lächeln über ihr Gesicht.

»Das Auto springt wirklich nicht an«, versichert sie mir. Mit einer Geste signalisiere ich, dass es nicht wichtig ist.

»War das die Kanzlei?«, erkundige ich mich. »So ruhig,

wie du geblieben bist, haben sie also keine weiteren Stockschläge angedroht.« Mit einem verschmitzten Augenaufschlag rekelt Jules sich daraufhin auf dem Stuhl.

»Meine Assistentin wird weitergeben, dass ich noch lebe und nicht von einem unzufriedenen Mandanten entführt wurde. Das wird die Strafe milde ausfallen lassen. Den Kaffee kann ich in Ruhe genießen, ehe ich mich auf den Weg zum Bus mache.«

Ich bin mir sicher, dass man mir meine Freude darüber ansieht. Als ich die Espressotasse leere, bin ich dankbar, dass Jules sich für einen Milchkaffee entschieden hat. Das verschafft uns noch etwas Zeit.

Zeit, die ich allerdings lieber alleine mit meinem Gast verbringen würde. Dieses Glück ist mir jedoch nicht gegönnt, da Dylan sich uns nähert. Auf einem Teller hat er ein paar Kanapees angerichtet. Auf der einen Seite bin ich ihm für seine Aufmerksamkeit dankbar, auf der anderen Seite würde ich ihn am liebsten wegen der Unterbrechung erdolchen.

Er stellt sich Jules selber vor – meine Höflichkeit ist nicht schnell genug hervorgekommen – und erklärt dann die unterschiedlichen Arrangements auf dem Teller. Die Blondine bedankt sich bei ihm, vor allem auch dafür, dass er uns die Tür geöffnet hat. Die beiden brechen in Lachen aus, als Jules eine scherzhafte Bemerkung darüber macht, dass nicht feststeht, wessen Anblick überraschender war. Ich stimme mit ein, bin aber froh, dass Dylan sich einen Moment später wieder abwendet, um in seine geliebte Küche zurückzukehren.

»Mh, sehr lecker, danke«, ruft Jules ihm nach, nachdem sie eines der Kanapees probiert hat.

»Für unsere Gäste nur das Beste«, antwortet mein Koch mit einem Augenzwinkern in meine Richtung, ehe er durch die Tür verschwindet.

Endlich bin ich wieder alleine mit meiner neuen Bekanntschaft. Ich atme erleichtert auf. Viel Zeit bleibt mir nicht mehr, um abzuklären, ob und wann wir uns wiedersehen. Während ich noch darüber nachdenke, ob ich gleich mit der Tür ins Haus falle oder doch lieber ein paar Sätze Smalltalk halten soll, klingelt ein Telefon – diesmal ist es das des Ladens.

»Willst du nicht rangehen?«, fragt Jules überrascht, als ich keine Anstalten mache, mich zu erheben.

»Heute ist Ruhetag, da arbeitet nur der Anrufbeantworter«, wiegele ich ab.

»Und Dylan!« Um die Wichtigkeit dieser Tatsache zu untermalen, nimmt sie ein weiteres Kanapee vom Teller und beißt genussvoll hinein. Die kleinen Häppchen scheinen bei ihr ähnliche Gaumenfreuden hervorzurufen, wie es guter Kaffee bei mir vermag. Prompt stelle ich mir vor, wie wir gemeinsam ein Spezialitätengeschäft für erlesene Kaffeesorten besuchen.

›Fang doch erst einmal mit einem Spaziergang an!‹, rät mir mein Unterbewusstsein, um mich zum ursprünglichen Vorhaben zurückzubringen.

»Apropos Arbeit«, beginne ich. »Wann entlässt deine Kanzlei dich wieder in die Freiheit? Könntest du dir vorstellen, einen Teil davon mit mir zu verbringen? Ich würde dich gerne wiedersehen.« So nun ist es raus, gespannt warte ich auf die Reaktion von Jules.

»Ein Date?«

»Ja. Ich möchte noch mehr von dir kennenlernen«, bestätige ich. Sie soll wissen, dass die vergangene Nacht kein One-Night-Stand für mich war.

Dass sie nicht sofort antwortet, macht mich nervös. Als sie zusätzlich meinem Blick ausweicht, die Tasse abstellt und danach die Finger im Schoß ineinander verknotet, stelle ich mich auf eine Absage ein.

»Wirklich?«, fragt sie leise. Ihr Kopf ist dabei weiterhin leicht gesenkt, sodass sie auf ihre Hände schaut, anstatt in mein Gesicht. Da ist sie wieder, die schüchterne Blondine, deren Selbstbewusstsein dringend einen Schubs braucht.

Mit Daumen und Zeigefinger umfasse ich ihr Kinn, um ihren Kopf anzuheben. Als wir uns in die Augen schauen, lächle ich sie an.

»Jules, du bist eine tolle Frau, die ich gerne wiedersehen möchte«, bestätige ich ihr noch einmal.

Der Seufzer, der als Antwort kommt, verwirrt mich. Unwillkürlich ziehe ich meine Hand zurück. Nachdenklich betrachte ich die Frau vor mir, aus der ich einfach nicht schlau werde. Was ist ihr Problem? Heute Nacht hat sie sich mir total geöffnet, warum zweifelt sie jetzt? Ich habe ihr doch bestätigt, dass es mir ernst mit ihr ist.

Sie setzt sich aufrecht hin und strafft die Schultern. Ein paar Sekunden, die mir wie eine Ewigkeit vorkommen, sieht sie mich an. Ich spüre, dass sie nach den richtigen Worten sucht.

»Lance, ich muss dir etwas sagen«, fängt sie zögernd an zu sprechen.

Ich atme tief ein, versuche sie mit einem freundlichen Ausdruck zu ermutigen, ganz offen zu sein. Da ertönt erneut ein Telefonklingeln und unterbricht diesen Augenblick.

»Verdammt, das ist die Kanzlei«, ruft Jules aus. Offenbar hat sie dafür eine gesonderte Melodie eingestellt, denn selbst ich erkenne den Unterschied zu den Klängen von heute Nacht. Im nächsten Moment holt sie ihr Telefon ein weiteres Mal aus der Tasche und nimmt das Gespräch an. Eine breite Furche bildet sich auf ihrer Stirn, als sie zuhört. Es dringen nur Wortfetzen des Anrufers an mein Ohr, aber die Stimme klingt hektisch, ja geradezu aufgebracht. Die Augen von Jules weiten sich, dann sagt sie zu, sich umgehend darum zu kümmern.

»Tut mir leid, ich muss sofort los«, wirft sie mir zu, nachdem sie ihre Handtasche an sich gerissen hat. Ein paar Sekunden später rüttelt sie bereits an der abgeschlossenen Eingangstür des Lokals.

»Soll ich dir ein Taxi rufen?«, biete ich an, während ich ihr folge, doch sie schüttelt nur den Kopf.

»Nein, ich nehme den Bus. Schließ mir einfach nur auf, bitte.« Unruhig beobachtet sie mich dabei, wie ich den Schlüssel im Schloss drehe. »Danke«, haucht sie mir zu.

Bevor ich die Tür öffne, blicke ich noch einmal in ihre strahlend blauen Augen. Sie bewegen sich ruhelos in den Augenhöhlen hin und her. Der plötzliche Aufbruch scheint einen ernsten Hintergrund zu haben. Ich würde Jules gerne beruhigen oder ihr Mut zusprechen, aber dafür bleibt keine Zeit.

»Wie kann ich dich erreichen?«, frage ich, als ich die Tür aufziehe.

»Ich melde mich bei dir«, verspricht sie. Ohne einen weiteren Gruß schlüpft sie durch den Türspalt auf den Gehweg. Dabei rennt sie fast einen Mann um, der soeben einen Schluck von seinem Coffee to go nimmt. Perplex schaue ich ihr nach, als sie mit schnellen Schritten in Richtung Bushaltestelle läuft.

Nachdem Jules in der Menge der Passanten auf dem Fußweg verschwunden ist, schließe ich die Außentür der Lounge wieder. Erst jetzt wird mir bewusst, dass ich rein gar nichts von der Blondine weiß. Ich kenne lediglich ihren Vornamen, aber das war es dann auch schon. Kein Nachname, keine Telefonnummer; nicht mal eine genauere Angabe über die Kanzlei, in der sie arbeitet. Warum zum Teufel habe ich sie heute Nacht nicht gefragt, wer ihr Arbeitgeber ist oder wo sich das Büro befindet?

›Shit, wenn sie sich nicht meldet, sehe ich sie nie wieder!‹

# KAPITEL 9

Völlig in Gedanken führt mich mein Weg ganz automatisch in den Keller der Lounge. Der überstürzte Aufbruch von Jules hat mich vollkommen aus der Bahn geworfen. Warum zum Teufel habe ich sie heute Nacht nicht nach Details aus ihrem Leben gefragt? Ihr Nachname, die Telefonnummer, ihre Adresse oder der Name der Kanzlei, für die sie tätig ist – irgendwas davon würde reichen, damit ich nicht so im Regen stehe wie im Augenblick.

Seufzend blicke ich auf unser Nachtlager aus Decken und Kissen. Mein Fokus war viel zu sehr auf unsere körperlichen Aktivitäten ausgerichtet. Hätte ich mich doch lieber aufs Reden konzentriert. Verdammt, jetzt ist es zu spät!

›Du solltest ihr vertrauen, sie hat versprochen sich zu melden‹, erinnert mein Unterbewusstsein mich. Ich würde ihm zu gerne glauben, aber das merkwürdige Verhalten von Jules – kurz bevor sie den Anruf bekommen hat – verhindert es. Irgendetwas wollte sie mir erzählen, nur was? Ein Grund, warum wir uns nicht wiedersehen können? Wütend trete ich gegen die Truhe, die das zweite Duell ebenfalls schmerzhaft für mich ausgehen lässt. Meine Zehen nehmen mir den Zusammenprall übel, was ich mit einem lauten Fluch kommentiere. Dieses Mal sehe ich keine Sterne, aber es würde ja auch kein blonder Engel mit blauen Augen kommen, um mich zu retten. Frustriert sinke ich auf die Kissen nieder, lege mich auf den Rücken und starre an die Decke.

Leises Geklapper, das von oben zu mir durchdringt, lässt

mich seufzend wieder aufstehen. Mein Tag wird nicht besser, wenn ich sinnlos herumliege. Ein paar Minuten später habe ich den Keller aufgeräumt. Nichts deutet mehr darauf hin, wie viel Spaß ich hier heute Nacht mit Jules hatte. Jetzt muss ich nur noch dafür sorgen, die Gedanken, die sich um sie drehen, aus meinem Kopf zu vertreiben. Also beschließe ich, den Nachmittag so einzuläuten, wie ich ursprünglich meinen freien Tag beginnen wollte – mit Joggen.

Bei meinem Abstecher in die Küche, um Dylan Bescheid zu geben, dass ich nach Hause gehe, weise ich die Fragen meines Kochs nach den nächtlichen Geschehnissen vorerst zurück.

»Es sind nur noch ein paar Stunden, in denen ich Freizeit habe, lass sie mich so schnell wie möglich genießen, okay? Ich erzähle dir alles ein anderes Mal.«

Dylan nimmt meine Abfuhr erstaunlich gelassen hin, obwohl man ihm seine Neugierde richtiggehend ansieht. Schulterzuckend wendet er sich wieder der Küchenmaschine zu, in die er einen Teil der Pistazien gibt. Der Anblick der Steinfrüchte erinnert mich daran, wie rücksichtsvoll er sich verhalten hat. Nicht nur, dass er sich im Keller jeglichen Kommentar verkniffen hat – nein, die Zubereitung der Kanapees spricht zusätzlich für sein Einfühlungsvermögen. Mein schlechtes Gewissen regt sich. Anstatt zu gehen, bleibe ich stehen und sehe ihm zu.

»Sie war ein Gast, den ich noch einmal hereingelassen habe, weil ihr Wagen nicht angesprungen ist«, erkläre ich. »Danke, dass du trotz des Ruhetages hier bist.«

»Ich hatte das Gefühl, dass euch da unten nicht langweilig war. Ihr hättet es sicher noch ausgehalten bis der

Putztrupp kommt«, erwidert Dylan, während er von einem Ohr zum anderen grinst. »Erzähl mir die Details morgen, Boss. Du hast frei und ich muss mich auf dieses Rezept konzentrieren.«

»Was wird das?«

»Erfährst du morgen, wenn du mir haarklein berichtest, wie feurig die Nacht war. Das Zeug wird deinen Gaumen verzücken, sodass du alles freiwillig gestehst, um mehr davon zu bekommen.«

»Dann streng dich an, meine Gaumenfreuden von letzter Nacht waren delikat«, spotte ich. Gleichzeitig ziehe ich den Kopf ein, was gut ist, da bereits eine Packung mit Block- schokolade in meine Richtung fliegt.

»Raus aus meiner Küche, du Sexgott. Ich brauche Ruhe und einen klaren Verstand. Lenk mich nicht mit deinen angedeuteten Eskapaden ab. Ich will das ganz oder gar nicht hören.«

»Ich bin schon weg«, entscheide ich lachend. Nur noch schnell die Schokolade aufgehoben, danach verlasse ich die Lounge, um diesen ungewöhnlichen freien Tag zunächst in meiner Wohnung fortzuführen.

Auf dem Weg zur U-Bahn-Station komme ich an einem Zeitungsstand vorbei. Ich beschließe, etwas zum Lesen mitzunehmen, damit ich während der Heimfahrt nicht jeder blonden Frau nachstarre. Der Verkäufer grüßt mich freundlich, als ich ein Sportmagazin auswähle und ihm das Geld dafür reiche. Meine Angestellte Charlene, die sich von der Frühstücks- bis zur Mittagsschicht um die Abläufe in der Lounge kümmert, nimmt ihm ab und zu einen Kaf- fee mit, wenn sie sich auf den Nachhauseweg macht. Ob dem Kerl klar ist, dass ich der Chef dieses Kaffee-Engels bin?

Der Gedanke an einen Engel schiebt die Erinnerung an Jules, die mir nach meinem Zusammenprall mit der Truhe zur Hilfe geeilt ist, in den Vordergrund zurück. Unwillkürlich frage ich mich, ob sie heil in der Kanzlei angekommen ist und sich bereits erfolgreich um das Problem kümmert. Bestimmt ist sie gut in ihrem Job. Natürlich ist sie das!

›Ich hoffe, dass sich die Sache nicht zu lange hinzieht, damit sie sich bald wie versprochen meldet. Wenn sie überhaupt vorhat, ihr Versprechen einzulösen…‹ Diesen trüben Gedanken schiebe ich energisch beiseite, als ich wenig später in der U-Bahn sitze. Stattdessen versuche ich, mich auf die Berichte über die Baseballspiele der vergangenen Tage zu konzentrieren. Die Mets haben das letzte Match nur knapp verloren.

›Ob Jules sich für Baseball interessiert?‹

Nach einer langen Joggingtour durch den Park in der Nähe meiner Wohnung, bei der ich mich so richtig ausgepowert habe, prasselt das Wasser der Dusche auf mich hinab. Ich gebe Duschgel auf eine Hand, schäume es auf und fahre mit beiden Händen über meinen Körper. An den Stellen, die auch Jules in der Nacht berührt hat, versuche ich mir auszumalen, wie sie es wiederholt. Die Vorstellung, dass es ihre zarten Finger sind, die den Schweiß von meiner Haut wischen, gefällt mir.

»Reiß dich zusammen, du träumst schon wie ein pubertierender Teenager«, weise ich mich in die Schranken. Mein Schwanz macht diesem Gedanken alle Ehre, als er ungefragt reagiert. Brummend stelle ich die Dusche ab und greife nach einem Handtuch.

Aus dem Bad heraus führt mich mein Weg ins Wohnzimmer, wo ich mein Handy auf das Sideboard gelegt habe. Kein Anruf von Jules, verdammt! Gleich darauf schlage ich mir mit der Hand an die Stirn. Ebenso wenig wie ich ihre Nummer habe, hat sie auch meine nicht. Wenn sie mich kontaktiert, dann über die Lounge. Ich muss also unbedingt die Anrufe umleiten.

Für einen Augenblick ziehe ich in Erwägung, Dylan anzurufen und ihn darum zu bitten, wenn er noch da ist. Die Überlegung verwerfe ich allerdings genauso schnell wieder, wie sie gekommen ist. Lieber fahre ich zurück, um das selber zu erledigen. Das gibt mir die Möglichkeit, zu kontrollieren, ob Jules sich schon gemeldet und eine Nachricht hinterlassen hat. Ein weiterer Gedanke lässt mich zusammenzucken. Die erste Person, die morgen den Laden betreten und den Anrufbeantworter abhören wird, werde nicht ich sein, sondern Charlene. Warum zum Teufel habe ich in der Lounge diesen alten Anschluss, den man nicht von überall ansteuern kann? Die Antwort darauf ist einfach. Aus demselben Grund, der mich bisher vom Austausch der Türbeschläge an der Kellertür abgehalten hat – Bequemlichkeit. Zum einen hat der Holzkeil seinen Zweck erfüllt, zum anderen waren mir verpasste Anrufe außerhalb der Öffnungszeiten bis heute nicht wichtig. Ich muss dringend meine Prioritäten ändern!


Auf dem Weg zurück in die Lounge schaue ich während der Fahrt mit der U-Bahn, welcher Laden in der Nähe Türen und Zubehör führt. Die Auswahl auf der Homepage eines Geschäfts drei Blocks entfernt sagt mir zu. Ursprünglich hatte ich vor, Originalbeschläge für den Austausch zu besorgen, um den Flair des alten Gebäudes so weit wie möglich zu erhalten. Angesichts der jüngsten Ereignisse rücke ich von diesem Vorhaben ab – es ist schließlich nur eine Kellertür.

Ein Grinsen breitet sich auf meinem Gesicht aus, als ich daran denke, was mir entgangen wäre, wenn ich die Reparatur schon nach dem ersten Herausrutschen des Knaufs vorgenommen hätte. Der Gedanke lässt mich unweigerlich zum Thema Jules abschweifen. Als ich die Augen schließe und mich auf dem Sitz in der U-Bahn zurücklehne, sehe ich prompt wieder das strahlende Blau ihrer Iris sowie die schmalen roten Lippen vor mir.

Im Innern der Lounge ist alles dunkel, als ich die Hintertür öffne. Kein Laut dringt aus der Küche zu mir. Der leckere süßliche Duft nach Schokoladenkuchen, der mir entgegenströmt, verheißt einen erfolgreichen Versuch von Dylan in Bezug auf die neue Kreation. Obwohl ich am liebsten nach dem Endprodukt Ausschau halten und mir wie ein kleiner Junge eine Ecke davon stibitzen möchte, steuere ich zuerst den Gastraum an.

Auf der Anrichte hinter dem Tresen befindet sich die Basisstation des Telefons, die auch den Anrufbeantworter beinhaltet. Mein Herz fängt an zu klopfen, als ich das Blinken des Geräts sehe, welches auf einen aufgezeichneten Anruf hinweist. In der Erwartung, gleich die Stimme von Jules zu hören, drücke ich den Abspielknopf. Ein Knacken und Scharren ertönt, dann ein leiser Fluch, zum Abschluss ein Gegrummel, das man als »shit, verwählt« interpretieren kann. Zu allem Überfluss ist es eindeutig eine männliche Tonlage, die jegliche Hoffnung mit einem Schlag zerstört. Da es die einzige Mitteilung ist, tippe ich genervt und enttäuscht auf den Knopf zum Löschen.

»Sie haben keine neue Nachricht«, verhöhnt mich die automatische Ansage des Apparats, nachdem die Aufgabe durchgeführt wurde.

»Ja, ich weiß«, knurre ich das Ding an, während ich die Umleitung auf mein Handy einprogrammiere. »Das brauchst du mir nicht extra unter die Nase zu reiben.«

Bevor ich die Lounge wieder verlasse, vergewissere ich mich, dass niemand im Keller festsitzt. Unten auf dem Tisch steht ein großes, mit einem Handtuch abgedecktes Backblech. Der verführerische Duft hat sich auch hier ausgebreitet. Obwohl ich Hunger habe, verkneife ich mir den Weg die Treppe hinunter. Ein Aufenthalt in den kühlen Kellerräumen ohne Jules ist trotz des Kuchens wenig reizvoll.

Die Küche ist picobello aufgeräumt, so wie ich es von Dylan gewohnt bin. Für mich gibt es im Laden nichts mehr zu tun. Die Aufgabe, für die ich zurückgekehrt bin, ist erledigt. Ab jetzt verpasse ich keinen Anruf von Jules mehr – wenn sie sich doch nur endlich melden würde! Auch der dritte Kontrollblick auf mein Handy, seitdem ich die Umleitung programmiert habe, zeigt dasselbe Ergebnis: Null Anrufe in Abwesenheit – verdammt! Vorsichtshalber stelle ich die Lautstärke des Klingeltons auf eine höhere Stufe und aktiviere den Vibrationsalarm.

Meine Finger umschließen das Telefon, als ich mich zu Fuß auf den Weg zu dem Fachgeschäft für Türen und Zubehör mache.

Der Verkaufsraum ist größer als erwartet. Die Homepage gibt nur einen kleinen Teil des Sortiments wieder, stelle ich zu meiner Überraschung fest, nachdem ich den Plan am

Eingang des Betriebes studiert habe. Danach befindet sich das Zubehör für Türen in Gang vier. Meine Augen weiten sich, als ich entdecke, dass sich an einer Regalseite auf gut zehn Metern ein Türbeschlag neben dem Nächsten aufreiht. Nicht einmal in meinen Träumen hätte ich mir vorstellen können, dass ein Laden derartig viele Modelle auf Lager hat.

Die Ausführungen aus Kunststoff lasse ich ebenso hinter mir wie die modernen Gestaltungen. Bei der großen Auswahl, die hier geführt wird, muss es etwas Besseres geben. Im letzten Drittel des Regals sichte ich endlich Designs, die dem frühen vorherigen Jahrhundert nachempfunden sind und damit zu dem alten Gebäude passen, das meine Lounge beherbergt. Freude breitet sich bei mir aus, weil ich doch nicht auf eine stilgerechte Ausstattung verzichten muss. Nach einer kurzen Flaute scheint sich der Tag wieder in eine positive Richtung zu entwickeln. Wie verheißungsvoll kann er erst werden, wenn Jules sich noch bei mir meldet!

»Kann ich Ihnen behilflich sein?« Die Stimme eines Verkäufers reißt mich aus der Bewunderung der unterschiedlichen verschnörkelten Formen. Als ich den jungen Mann ansehe, komme ich aus dem Staunen nicht mehr heraus. Ich blicke in strahlend blaue Augen, die denen von Jules zum Verwechseln ähnlich sind. Aber nicht nur das, auch die Gesichtszüge erinnern mich an die Frau, mit der ich die letzte Nacht verbracht habe.

»Sir?«, fragt mich der Angestellte unsicher, da ich ihn vollkommen sprachlos anstarre, »Ist alles in Ordnung?«

»Haben Sie eine Schwester?«, platzt es aus mir heraus.

»Wie bitte?« Der pikierte Gesichtsausdruck würde Jules bestimmt gefallen. Es wäre einer der Momente, in denen sie sich auf den Fingerknöchel beißt. Mich dagegen nervt der Ausdruck. Kann der Kerl nicht einfach meine Frage beantworten?

»Jules, haben Sie eine Schwester namens Jules? Schlank, blond, von Beruf Anwältin.«

»Sir, ich habe keine Geschwister. Außerdem bin ich nicht gewillt, mein Privatleben vor Ihnen auszubreiten. Brauchen Sie Beratung bei den Türbeschlägen? Dabei helfe ich Ihnen gerne weiter.« Der Tonfall ist freundlich mit einem gewissen Unterton. Ich muss zugeben, dass er absolut angemessen ist. Dennoch hätte ich mir eine andere Antwort gewünscht, vor allem vom Inhalt her. Er hat also keine Verbindung zu der Frau, auf dessen Anruf ich warte. Meine Anzahl an Zufällen habe ich offenbar aufgebraucht, weitere fallen mir momentan nicht vor die Füße.

Die Handbewegung des Verkäufers, mit der er auf das Regal weist, führt mir vor Augen, wo ich bin und warum ich das Geschäft betreten habe. Seine Gesichtszüge erinnern an Jules, aber ich reiße mich von dem Gedanken los. Er hat recht, meine Frage war vollkommen überzogen. Womöglich hat er das Ganze als gnadenlos schlechte Anmache aufgefasst. Nach einer Entschuldigung konzentriere ich mich auf die Beschläge und erkläre, was ich suche. Henry, den Namen entnehme ich dem Schild, das an seinem Shirt befestigt ist, nickt. Er macht mich auf verschiedene Ausführungen aufmerksam, sodass wir Sekunden später in ein Beratungsgespräch eintauchen – bis das Handy in meiner Hosentasche anfängt, zu vibrieren sowie lautstark die Melodie von »Mission Impossible« abzuspielen.

›Jules, endlich!‹ Hektisch ziehe ich das Telefon heraus.

»Entschuldigung, aber auf diesen Anruf habe ich gewartet«, erkläre ich an Henry gewandt. Im nächsten Moment drehe ich mich bereits um, gehe ein paar Schritte den Gang entlang und nehme das Gespräch an. Meine Stimme überschlägt sich fast, als ich mich melde. Einen Atemzug später sacken meine Schultern herunter – am anderen Ende ist nicht Jules, sondern ein Lieferant, der eine Mitteilung bezüglich einer Bestellung hat. Ich höre nur mit halbem Ohr zu, bestätige die Nachricht und beende das Telefonat.

Der Verkäufer ist inzwischen damit beschäftigt, einige der Utensilien im Regal zu sortieren. Als er merkt, dass ich ihn dabei beobachte, kommt er freundlich lächelnd näher.

»Hier ist ein Exemplar, das ihren Wünschen entsprechen könnte«, erklärt er. Von meinen wahren Wünschen und Sehnsüchten, die mich derzeit am meisten beschäftigen, hat er keine Ahnung. Oder vielleicht doch, je nachdem wie er die Frage nach einer Schwester aufgefasst hat. In Bezug auf die Türbeschläge hat er allerdings recht. Die Auswahl, die er mir reicht, entspricht exakt meinen Vorstellungen.

Der Preis ist etwas höher, als der, den ich im Stillen dafür veranschlagt habe, aber immer noch akzeptabel. Für eine besondere Kaffeesorte habe ich schon wesentlich mehr Geld ausgegeben. Henry sucht passende Schrauben aus dem Sortiment, nachdem ich mich für den Artikel entschieden habe. Als ich mich auf den Weg zur Kasse mache, spüre ich seinen Blick in meinem Rücken. Sollte ich mich noch einmal bei ihm für die unangebrachte Frage entschuldigen? Kopfschüttelnd entscheide ich mich dagegen. Sobald ich das Geschäft verlassen habe, ist die Sache Geschichte. Während die Kassiererin meine Kreditkarte in das Lesegerät steckt, schicke ich ein Stoßgebet zum Himmel, dass Jules keinen ähnlichen Gedanken hatte, als sie heute Vormittag durch die Tür der Lounge geschlüpft ist.

# KAPITEL 10

Nach einer unruhigen Nacht mit wenig Schlaf aufgrund von wirren Träumen wache ich am Dienstagmorgen auf. Dennoch geht mein erster Griff direkt zum Handy, das auf dem Nachtschränkchen liegt. Die Anzeige ist ernüchternd. Steckt Jules immer noch in der Lösung des Problems fest oder ist das Interesse an mir so gering, dass ich keine Kontaktaufnahme mehr von ihr zu erwarten habe?

›Seit wann wirfst du die Flinte sofort ins Korn?‹, schaltet sich mein Unterbewusstsein ein. Es hat recht, Aufgeben gehört nicht zu meinen Tugenden. Ansonsten hätte ich kein eigenes, florierendes Lokal mit mehreren Angestellten.

Mit dem Vorsatz, die gestern gekauften Beschläge heute an der Kellertür anzubringen, um damit die Sicherheit der Mitarbeiter zu erhöhen, springe ich aus dem Bett. Die Dusche weckt meine Lebensgeister, sodass ich eine halbe Stunde später am Küchentisch sitze, einen Espresso genieße und durch die Morgenzeitung blättere. Ein Artikel über einen Gerichtsprozess, in dem es eine unerwartete Wendung gegeben hat, zieht meine Aufmerksamkeit auf sich. Konzentriert lese ich Zeile für Zeile, Jules wird darin jedoch nicht erwähnt.

Obwohl ich noch nicht ganz wach bin, fangen die Gedanken schon wieder an, um die Blondine zu kreisen. Wie hat sie es nur geschafft, dass ich so fasziniert von ihr bin? Ich muss mit irgendjemanden darüber sprechen. Dafür käme neben Dylan, der bereits einiges mitbekommen hat, auch Charlene infrage. Wir haben uns in der Vergangenheit hier und da über unser Privatleben ausgetauscht. Charlene ist eine gute Zuhörerin, zudem eine Frau. Ich beschließe, das Mittagessen in der Lounge einzunehmen, um dort spontan zu entscheiden, wem ich von meiner Situation berichte, um mir Aufmunterung und Rat zu holen.

Der Vormittag zieht sich hin. Zum ersten Mal seit Langem habe ich keine Lust auf Sport, weder für eine Runde durch den Park, noch für das Fitnessstudio, in dem ich angemeldet bin. Ab und an werfe ich im Innenhof ein paar Körbe mit einem Nachbarn, wenn dieser vor seiner Schicht ebenfalls Bewegung braucht, aber selbst dazu raffe ich mich nicht auf. Stattdessen greife ich zu einem Buch, kann mich jedoch nicht auf die Geschichte konzentrieren. Sobald in der Handlung die Leiche einer blonden Frau erwähnt wird, bin ich aus dem Geschehen raus.

Normalerweise rinnt mir die Zeit vor meiner Anwesenheit in der Lounge, die ich in der Regel um 14 Uhr betrete, durch die Finger. Es ist meine einzige Freizeit, in der ich meistens nicht genug von dem schaffe, was ich mir als Ausgleich für die Hektik im Laden zur Entspannung vornehme. Heute ist das komplett anders. Nach einer Weile wird mir klar, dass ich mich am liebsten in den Keller mit Jules zurückbeamen möchte. Dieses Mal würde ich das Beisammensein besser nutzen, um sie über alles aus ihrem Privatleben auszufragen. Nein, das stimmt nicht – auf den Sex mit ihr würde ich auch beim zweiten Versuch nicht verzichten. Mir fehlt nur die eine Minute, in der ich sie nach ihrem vollen Namen und der Telefonnummer fragen kann.

Nachdem ich die Zeit bis 12 Uhr mit sinnlosem Zappen vor dem Fernseher verbracht habe, mache ich mich zur U-Bahn-Station auf. Ich steige jedoch eine Haltestelle früher aus, um den restlichen Weg zu Fuß zu gehen. Entgegen meiner Hoffnung hilft es mir nicht dabei, den Kopf freizubekommen.

Als ich den Laden durch die Hintertür betrete, merke ich schon am Stimmengewirr, dass der Gastraum gut besucht ist. Charlene und eine der Studentinnen, die als Aushilfe agiert, haben die Lage dennoch im Griff. Aus der Küche ertönt das etwas schiefe Gepfeife von Dylan. Also ist er bestens gelaunt, was ebenfalls darauf hindeutet, dass keine gestresste Stimmung vorherrscht.

Ich gehe am Schaffensort meines Kochs vorbei, um zunächst Charlene mit einer Umarmung zu begrüßen. Alice, die andere Bedienung, räumt das Geschirr von einem Tisch ab, daher winke ich ihr nur kurz zu. Wie immer reagiert sie mit einem strahlenden Lächeln – ich habe diese junge Frau noch nie betrübt gesehen. Charlene dagegen beschäftigt etwas, das ist ihr deutlich anzusehen. Bevor ich fragen kann, lässt sie bereits ihren Unmut über einen unserer Lieferanten heraus, dessen Paket bisher nicht eingegangen ist.

»Unser Vorrat geht zur Neige, spätestens morgen Mittag stehen wir ohne Karamell-Sirup da«, echauffiert sie sich lautstark. »Die halten es nicht mal für nötig, uns eine Nachricht über die erneute Lieferverzögerung zukommen zu lassen. Du solltest dir überlegen, den Anbieter zu wechseln.« Als sie den Namen der Firma erwähnt, erinnere ich mich an den Anruf, den ich in dem Fachgeschäft für Türzubehör entgegengenommen habe.

»Die Sendung kommt heute Nachmittag per Sonderzustellung«, gebe ich die Information weiter, die ich erhalten habe. Die Augen meiner Angestellten werden groß, als ich mich entschuldige und dabei erwähne, dass mich der Lieferant am Vortag erreicht hat.

»Gestern war Ruhetag, wieso warst du da im Laden?«

Die Antwort auf diese Frage wäre der geeignete Moment, um Charlene von letzter Nacht zu erzählen. Doch etwas in ihrem Blick hält mich davon ab. Wie wird sie reagieren, wenn sie von Jules erfährt? Sind da noch Gefühle für mich oder ist sie inzwischen darüber hinweg? Wir sprechen viel über Privates, aber seitdem ihr klar ist, dass ich nicht dasselbe für sie empfinde, wie sie für mich, haben wir den Punkt Frauen ausgelassen. Das war meinerseits keine bewusste Entscheidung – es gab ganz einfach in den letzten sechs Monaten keine Frauengeschichten in meinem Leben. Ich beschließe, es vorerst dabei zu belassen, mich nicht mit Charlene über dieses Thema auszutauschen. Wer weiß, ob ich jemals wieder etwas von Jules höre. Wozu die Pferde scheu machen, wenn sich am Ende alles in Luft auflöst?

»Ich habe mich um neue Beschläge für die Kellertür gekümmert und musste  mir vorher ein genaues Bild davon verschaffen«, rede ich mich heraus. Als ich die Tüte hochhalte, in der sich das Zubehör befindet, nickt Charlene. Ein Gast, der zahlen möchte, lenkt sie zudem von mir ab, sodass ich nicht weiter auf die Sache eingehen muss. Erleichtert mache ich mich auf den Weg in die Küche.

Dylan empfängt mich mit einem breiten Grinsen, als ich sein Reich betrete. Sein Blick bleibt an dem Beutel in meiner Hand hängen.

»Nachschub an Kondomen?«, zieht er mich auf. Ich kann nicht anders und stimme in sein Lachen ein. Nachdem wir uns beruhigt haben, erkläre ich, was ich tatsächlich mitgebracht habe. Mit einer lässigen Handbewegung winkt der Koch ab. »Das interessiert mich nicht. Du schuldest mir ganz andere Informationen.«

Mit einem Augenrollen lasse ich mich auf den Stuhl fallen, der neben einem der großen Kühlschränke steht. In Seelenruhe studiere ich den Flyer der Lounge mit dem Mittagsangebot, der mit einem Magneten an der Seite des Geräts angebracht ist. Aus dem Augenwinkel nehme ich wahr, dass Dylan erwartungsvoll mit der Fußspitze auftippt. Meine Lippen verziehen sich zu einem leichten Schmunzeln.

»Machst du mir bitte ein Club Sandwich mit Roastbeef und Gurke? Mit knurrendem Magen berichtet es sich so schlecht«, halte ich ihn hin, was er mit einem Brummen kommentiert. Ein paar Minuten später reicht er mir einen Teller. Kaum habe ich meinen Snack genossen, hält er mir einen Weiteren vor die Nase, auf dem sich kleine Häppchen des Kuchens befinden, den er gestern zubereitet hat. Allein der süßliche Geruch lässt mir das Wasser im Mund zusammenlaufen. Ich will danach greifen, um mich über die Köstlichkeit herzumachen, aber Dylan zieht den Teller blitzschnell wieder weg.

»Oh nein, mein Freund, das wird ein Tauschgeschäft. Du rückst endlich mit Details raus, dafür darfst du dir jeweils ein Stück nehmen.« Er weiß, dass er mich am Haken hat –

seine zuckenden Mundwinkel verraten es deutlich. Meine Schwäche für Süßes gegen seinen Wissensdurst, eine Win-Win-Situation.

Natürlich erzähle ich ihm nur, wie es dazu gekommen ist, dass Jules und ich im Keller eingesperrt waren. Dass wir uns dort nähergekommen sind, kann Dylan sich denken. Auf genauere Schilderungen, wie nah es tatsächlich war, verzichten wir im stillen Einvernehmen.

»Die zurückhaltende, aber gleichzeitig so vertrauensvolle Art von Jules hat mich tief in meinem Inneren berührt. Ich kann mich nicht daran erinnern, wann ich das letzte Mal so von einer Frau angezogen wurde«, beende ich meine Erzählung.

»War es nicht eher so, dass sie dich ausgezogen hat?«, feixt Dylan, was zu einem neuerlichen Lachen bei uns beiden führt. Trotzdem versuche ich, das Thema ernst weiterzuführen.

»Ihr überstürzter Aufbruch kam in einem ungünstigen Moment. Davor wollte sie mir etwas sagen, allerdings habe ich keine Ahnung, in welche Richtung das gegangen wäre.«

»Versteh einer die Frauen«, bemitleidet Dylan mich pathetisch, indem er die Hände auf sein Herz legt und die Augen verdreht. Er ist manchmal ein Komiker, der seinesgleichen sucht. Wieder einmal frage ich mich, warum er nicht Schauspieler geworden ist. Seine Obsession fürs Kochen und Backen ist ungewöhnlich, passt jedoch ebenso zu ihm, wie der Sinn für Humor und sein umfangreiches Minenspiel. Für mein Restaurant ist er eine Bereicherung. Zudem ist er ein guter Zuhörer, was uns im Laufe der Jahre zu mehr als nur Chef und Angestelltem gemacht hat.

»Vermutlich muss ich eine Frau zurate ziehen, um das Verhalten von Jules zu verstehen«, seufze ich.

»Aber nicht Charlene«, entgegnet der Koch sofort. Überrascht schaue ich ihn an. »Hey, ich bin nicht blind«, beantwortet er meine unausgesprochene Frage.

»Ich hatte gehofft, dass sie darüber hinweg ist.«

Dylan bestätigt meine Einschätzung, gibt jedoch zu bedenken, dass Gefühle leicht wieder aufbrechen können. »Sie würde dir zuhören, auch wenn es sie innerlich zerreißt. Mach das nicht.«

Mit einem Nicken verspreche ich es. Mein Problem habe ich damit allerdings immer noch nicht gelöst. Ich muss mich in Geduld üben, was mir bei Jules schwerfällt. So vollkommen von der Handlung eines anderen Menschen abhängig zu sein, mag ich ganz und gar nicht. Hoffentlich lenkt mich die Arbeit ein wenig ab.


Der Vorsatz, meine Konzentration auf die Lounge zu lenken, funktioniert in den nächsten Tagen nur bedingt. Die Beschläge an der Kellertür sind ausgetauscht, alle Bestellungen habe ich frühzeitig aufgegeben und sogar mit der Buchführung bin ich auf dem Laufenden. Meine Laune dagegen hat ein Rekordtief erreicht, die Angestellten gehen mir inzwischen nach Möglichkeit aus dem Weg.

»Was ist eigentlich los, Boss?«, fährt Sam mich an, als ich ihn am Donnerstagnachmittag fast über den Haufen renne. Charlene gibt ihm mit einem Kopfschütteln zu verstehen, dass er mich in Ruhe lassen soll, aber das ist nicht Sams Art. Wenn ihm etwas nicht passt, dann haut er es raus, sobald sein Höchstmaß an Toleranz überschritten ist. Diesen Punkt scheine ich nun bei ihm erreicht zu haben. »Sitzt dir die Steuerfahndung im Nacken oder warum lässt du das Telefon seit Tagen nicht aus den Augen? Hier laufen noch andere Personen herum, die Besseres zu tun haben, als auf deine Laufwege zu achten.«

»Ich erwarte einen wichtigen Anruf, aber darüber möchte ich im Moment nicht sprechen«, versuche ich ihn zu beschwichtigen.

Wir stehen im Flur hinter dem Gastraum, in den ich Sam für meine Antwort geschoben habe, damit die Gäste nichts mitbekommen. Charlene ist uns gefolgt, ein weiterer Grund, warum ich Sam keine bessere Erklärung geben kann. Bisher weiß nur Dylan Details, der sich nun auch noch zu uns gesellt.

»Krieg das in den Griff, Lance«, warnt Sam mich. »Wir arbeiten alle gerne hier, aber seit ein paar Tagen hast du dich verändert und das nicht zum Vorteil. Dass du beim Gehen Haken wir ein Hase schlägst, ist dabei unser geringstes Problem.«

»Boss, ich brauche dich in der Küche«, kommt mein Koch mir zur Hilfe. Mit den Augen sendet er regelrechte Warnschüsse in Sams Richtung. Danach zieht er mich am Arm den Flur entlang, wobei ich deutlich spüre, wie sich die Blicke der anderen Angestellten in meinen Rücken bohren.

Mit einem Seufzer schließt Dylan die Tür hinter uns.

»Wie lange soll das noch so weitergehen?«, fragt er mich genervt, als wir unter uns sind. »Sam hat nicht unrecht, Lance, in deiner jetzigen Verfassung bist du eine Plage.«

»Das ändert sich wieder, wenn Jules sich bei mir meldet.« Herrgott, darf ich denn keine schlechte Laune haben? Dies ist mein Laden und ich schreibe den Angestellten doch auch nicht vor, dass sie den ganzen Tag mit einem Strahlen im Gesicht herumlaufen müssen. Den Gedanken behalte ich jedoch für mich. Vermutlich, weil ich tief in meinem Inneren weiß, dass ich den eigenen Erwartungen an ein rücksichtsvolles Miteinander nicht gerecht werde.

»Reiß dich am Riemen. Wie kann dich eine Nacht mit einer Frau so aus der Bahn werfen? Ihr wart doch nur durch einen dummen Zufall im Keller eingesperrt. Ohne das würdet ihr keinen Gedanken mehr aneinander verschwenden. Du kennst diese Blondine nicht mal im Ansatz und trauerst ihr mehr nach als Emily damals.«

»Was ich von Jules weiß, reicht mir, um zu wissen, dass ich sie wiedersehen will«, erwidere ich trotzig. Seine Bemerkung über Emily ignoriere ich. An sie möchte ich nicht erinnert werden.

»Dann tu endlich was, um sie zu treffen.«

»Muss ich dich daran erinnern, dass ich nichts machen kann?« Hat Dylan schon vergessen, dass ich weder Namen noch Telefonnummer von ihr habe?

Ich glaube bereits, den Sieg in dieser kleinen Diskussion errungen zu haben, als Dylan wortlos einen Krug Eistee aus dem Kühlschrank nimmt, uns beiden ein Glas einschenkt und mir eines davon reicht. Nachdem er einen Schluck genommen hat, sieht er mich ein paar Sekunden lang an.

»Man kann immer etwas tun«, beginnt er. »Eine Nachricht an ihrem Wagen wäre eine gute Möglichkeit gewesen, die hast du aber verstreichen lassen. Alleine das Nummernschild hätte dich vermutlich weitergebracht.«

»Komm mir nicht damit. Das werfe ich mir selber jeden Tag vor, seitdem ich gemerkt habe, dass das Auto bereits abgeschleppt wurde.« Die Tatsache, dass ich die Chance nicht wahrgenommen habe, hat einen Anteil an meiner eher mäßigen Laune. Hier hätte ich agieren können, nun bin ich jedoch weiterhin zum Abwarten verdonnert.

Nach einer weiteren Pause, in der Dylans Blick stirnrunzelnd auf mir ruht, fährt er fort, indem er mir einige Alternativen zur jetzigen Abwartetaktik aufzählt: Einen Privatdetektiv engagieren, den Tag auf den Fluren des Gerichts verbringen, das Anwaltsverzeichnis einsehen und ein paar andere Ideen. »Oder du nimmst dir morgen frei und rufst alle Kanzleien an, die es in der Stadt gibt«, beendet er seinen Vortrag.

»Ist das dein ernst?«, frage ich ungläubig.

»Einen Vorschlag habe ich noch: Vergiss die Kleine einfach.«

»Niemals«, protestiere ich. »Eher klappere ich jedes Anwaltsbüro ab, das ich finden kann.«

Dylan setzt ein zufriedenes Grinsen auf und lehnt sich an den Tisch. Süffisant teilt er mir mit, dass ihm das auch recht ist, Hauptsache ich werde wieder der Boss, mit dem man Pferde stehlen kann. Seine Formulierung bringt mich zum Nachdenken. Habe ich mich die letzten Tage tatsächlich so hängenlassen? Das wird so nicht weitergehen, mein Entschluss steht fest.

»Wenn Jules sich bis morgen Mittag nicht gemeldet hat, nehme ich die Sache in die Hand«, verkünde ich, was Dylan zu einem Applaus veranlasst.

Charlene macht wie gewohnt eine halbe Stunde nach dem Übergang vom Mittags- ins Kuchengeschäft Feierabend. Bevor sie ihre Jacke überstreift, bietet sie an, dass ich mit ihr reden kann, wenn mir danach ist. Die Warnung meines Kochs hält mich allerdings davon ab, ihr etwas zu erzählen. Erst muss ich mit einer anderen Frau sprechen — wenn diese sich nur endlich melden würde!

Den Nachmittag und Abend über versuche ich, mich voll konzentriert um die Geschehnisse im Restaurant zu kümmern. Sam mustert mich mehrmals ungeniert, verkneift sich jedoch weitere Kommentare. Obwohl ich das Telefon nicht gänzlich ignoriere, kommen meine Abläufe einem Normalmaß näher. Am späten Abend bilden Sam und ich nahezu wieder das eingespielte Team, welches wir vor der Ablenkung durch Jules waren.

Dylan ist inzwischen gegangen, die Küche bleibt in der letzten Stunde, in der wir noch geöffnet haben, kalt. Ich blicke auf die Uhr und stelle erleichtert fest, dass wir in etwa dreißig Minuten schließen werden, wenn es keine Nachtschwärmer unter den Anwesenden gibt. Die meisten Gäste haben bereits ihre letzte Runde bestellt und brechen nach und nach auf. Im Gegenstrom zu drei Männern, die das Lokal verlassen, betritt ein neuer Gast die Lounge. Mein Herz bleibt fast stehen, als ich die Frau erkenne: Jules!

Ihre Augenlider flattern, während sie sich umschaut und mich endlich entdeckt. Ein Lächeln erscheint auf ihren Lippen, das ich erwidere. Fasziniert bleibe ich am Blau der Augen hängen — es ist so strahlend, wie ich es in Erinnerung habe.

Eine kleine Ewigkeit rühren wir uns nicht von der Stelle. Jules steht einen Meter hinter der Eingangstür, ich an dem Tisch neben dem Tresen, wo wir am Montag nach der Befreiung gemeinsam gesessen haben. Unsere Blicke kleben aneinander, ich nehme nichts mehr um mich herum wahr. Nur noch sie ist wichtig, die Frau, auf deren Lebenszeichen ich drei lange Tage und Nächte gewartet habe.

»Jules«, flüstere ich, als Sam an mir vorbei tritt und mich damit aus der Bewegungslosigkeit holt.

»Wer?«, erkundigt er sich irritiert. Ich ignoriere die Frage, schaue nicht einmal in seine Richtung.

Stattdessen bewege ich mich auf die Blondine zu. Erst jetzt bemerke ich die geräumige Handtasche, die sie bei sich trägt. Will sie verreisen oder war sie bereits ein paar Tage weg? Ist das der Grund, warum sie sich nicht eher gemeldet hat? Alle negativen Gefühle sind wie weggeblasen; die Zweifel, ob sie sich jemals wieder meldet, im Bruchteil einer Sekunde verpufft. Als ich vor ihr stehe, wiederhole ich noch einmal ihren Namen. Sie schaut mit großen Augen zu mir auf, sagt jedoch kein Wort. Ihre Lippen sind leicht geöffnet, dazwischen kann ich die Zungenspitze erkennen. Diese schiebt sich im Zeitlupentempo heraus, fährt über die Oberlippe, im nächsten Moment befeuchtet sie auch die Unterlippe.

Länger kann ich nicht mehr an mich halten. Ich lege meine Arme um Jules, ziehe sie dicht an mich heran und verschließe ihren Mund mit einem Kuss.

# KAPITEL 11

Der Kuss löst die Warterei und Zweifel der vergangenen drei Tage ins Nichts auf. Er fühlt sich genauso gut an, wie das letzte Mal, als wir im Keller unser Beisammensein genossen haben. Jules schmeckt nach mehr, ihr Körper schmiegt sich an meinen, als hätte er nie etwas anderes getan. Nach Luft ringend lösen wir uns schließlich voneinander. Ich lege meine Stirn an die der Blondine und sehe ihr tief in die Augen.

»Danke, dass du dein Versprechen gehalten hast. Ich habe dich vermisst.«

»Das Verfahren für einen Mandanten fand in Philadelphia statt, daher bin ich heute erst in die Stadt zurückgekehrt. Ich habe oft an dich gedacht.« Den letzten Satz flüstert sie lediglich, aber sie wendet den Blick nicht ab. Immer noch schauen wir uns in die Augen. Mit den Fingerknöcheln streiche ich über ihre Wange, beobachte dabei das leichte Schaudern, das die Berührung bei Jules auslöst.

»Wir haben noch etwa eine halbe Stunde geöffnet, möchtest du etwas trinken? Oder wollen wir uns ein ruhiges Eckchen suchen, um uns zu unterhalten? Den Rest schafft Sam auch ohne mich.« Die Lippen von Jules verziehen sich zu einem verschmitzten Lächeln. Keck sieht sie durch ihre Wimpern zu mir auf.

»Ein ruhiges Eckchen, meinst du damit den Keller?« Ich muss ebenfalls lachen und verschließe ein weiteres Mal ihren Mund.

»Sehr verlockender Gedanke, aber diesmal sollten wir uns vielleicht mehr aufs Reden konzentrieren«, schlage ich augenzwinkernd vor, nachdem ich den Kuss beendet habe. Um diesen Vorsatz zu unterstreichen, ergreife ich eine Hand von Jules und führe sie zu dem Tisch direkt beim Tresen, den sie bereits kennt.

Kaum hat sie dort Platz genommen, kommt Sam mit einem Tablett voller Gläser vorbei. Neugierig mustert er uns, als er das benutzte Geschirr neben die Spüle stellt.

»Tisch sieben möchte noch eine Abschlussrunde Tequila«, informiert er mich, bevor er sich auf den Weg zu einem Pärchen macht, das zahlen will. Seufzend erhebe ich mich, um mich gleich darauf wieder zu setzen. Die Verwunderung steht Jules ins Gesicht geschrieben. Mit einem Grinsen schiebe ich ihr meinen Block, auf dem ich die Bestellungen notiere, und einen Stift zu.

»Ich erledige das kurz und du kannst mir inzwischen deine Telefonnummer aufschreiben und deinen vollen Namen … und deine Adresse … die Anschrift der Kanzlei … dein Geburtsdatum inklusive Geburtsort und was dir sonst so einfällt«, bitte ich sie.

»Wie wäre es mit der Sozialversicherungsnummer oder die Kennung vom Führerschein?«, geht Jules lachend auf meine Vorschläge ein.

»Gute Idee«, flüstere ich ihr ins Ohr. »Lauf nur nicht wieder weg, ohne mir die wichtigsten Informationen über dich zu hinterlassen.« Als ich mich zu meinem Tätigkeitsfeld aufmache, werfe ich noch einen Blick über die Schulter. Zu meiner Freude sieht Jules mir nach, doch etwas an ihrem Ausdruck macht mich stutzig. Ist es die Furche, die sich auf der Stirn gebildet hat? Um sie zu beruhigen, zwinkere ich ihr zu. Ohne Erfolg, die nachdenkliche Miene bleibt.

Ich versuche, mich auf das Einschenken des Tequilas zu

konzentrieren, um nichts zu verschütten. Nachdem auch die Zitronenstücke auf einem Teller bereitliegen, schaue ich erneut zu Jules. Sie sieht durch den Raum zu einem der Fenster. Unwillkürlich folge ich der Richtung, in die ihre Augen weisen, um zu erkunden, was dort ihr Interesse geweckt hat, aber ich kann nichts entdecken. Als ich wieder zu Jules gucke, treffen sich unsere Blicke. Das Lächeln auf ihren Lippen lenkt mich sogleich von jeglichen trüben Gedanken ab. Sie ist hier – das ist alles, was zählt!

Sam gesellt sich zu mir, um das Tablett mit den Tequila-Gläsern zu holen.

»Wer ist die Kleine?«

»Erzähl ich dir ein anderes Mal. Lass uns zusehen, dass wir in den Feierabend kommen.«

»Wozu die Eile? Das unscheinbare Blondchen wird dir die Nacht kaum versüßen. Auch wenn dein Kuss auf einen ziemlichen Notstand hindeutet. Hey, da reißen wir doch an unserem nächsten freien Abend was Besseres für dich auf.«

Meine Mundwinkel verziehen sich. Wenn Sam wüsste… Aber ich werde den Teufel tun und ihn in mein Stelldichein mit Jules im Keller einweihen. Er würde es mir sowieso nicht abnehmen. Für ihn fällt jede schüchterne oder zurückhaltende Frau in die Kategorie Mauerblümchen und damit automatisch aus seinem Interessensfeld. Trotzdem muss ich gestehen, dass sein Liebesleben in den letzten Monaten aktiver als meines war – wenn ich den feudalen Erzählungen Glauben schenken darf, mit denen er mich an manchen Abenden erheitert hat.

»Zerbrich dir nicht den Kopf über meine nächtlichen Aktivitäten. Ich komme gut ohne deine Unterstützung klar«, lehne ich sein Angebot ab. Ein spöttisches Grinsen ist

Sams Antwort, gefolgt von einem mitleidigen Blick und einem Schulterklopfen.

»Bei der landest du nur, wenn du sie abfüllst. Aber ich fürchte, nicht mal das wird dir gelingen«, prophezeit er mir. Gleich darauf wendet er sich ab, um mit dem Tablet zu den Gästen an Tisch sieben zu gehen, die ihn lautstark empfangen.

›Hoffentlich kriegen wir die illustre Gesellschaft pünktlich aus dem Laden‹, seufze ich innerlich auf. Den Gedanken beiseiteschiebend greife ich nach zwei Flaschen, um sie in die Richtung von Jules hochzuhalten. Im ersten Moment bemerkt sie es gar nicht, da sie etwas aus einer Tube auf ihre Lippen tupft, ehe sie es verreibt. Eine einfache Geste, die ich dennoch fasziniert beobachte. Als die Blondine fertig ist, scheint sie meinen Blick zu spüren und schaut zu mir. Ich wedle mit den Flaschen, woraufhin sie den Weißwein, nicht den Orangensaft, wählt. Sams Gesichtsausdruck, wenn er das Getränk bei seiner Rückkehr an den Tresen erkennt, kann ich mir bildhaft vorstellen. ›Einfach ignorieren‹, nehme ich mir vor, als ich mit zwei Gläsern Chablis zu Jules zurückkehre. Beim Hinstellen der Gläser sehe ich im Augenwinkel, dass auf dem Block tatsächlich eine Telefonnummer notiert wurde. Halleluja, die Zeiten von umgeleiteten Anrufen aus der Lounge sind vorbei. Bevor ich nachher gehe, muss ich unbedingt daran denken, die Programmierung zu ändern.

»Santé«, proste ich Jules zu und lasse unsere Weingläser aneinander klirren.

»Hast du französische Vorfahren?«, fragt sie verwundert, nachdem sie von ihrem Wein genippt hat.

Mit einem Lächeln auf den Lippen schüttle ich den Kopf.

»Nein, ich kann nur mit einem Urgroßvater italienischer Herkunft dienen. Der Chablis und eine wunderschöne Frau vor mir haben mich zu dem Trinkspruch animiert.« Kein Abwenden des Blicks, nur ein charmantes Verziehen der Lippen. Das Selbstbewusstsein der Blondine scheint in den vergangenen Tagen zugenommen zu haben. Ob das an einem Erfolg als Anwältin liegt? Im Stillen hoffe ich, dass unsere Begegnung etwas damit zu tun hat.

»Das werde ich mir merken. Sollten wir mal gemeinsam Pizza essen, werde ich dir ein Salute wünschen«, reißt sie mich für einen Moment aus der Gedankenwelt.

Ich habe das Gefühl, dass sich meine Mundwinkel bis zu den Ohren ziehen. Was nicht darauf zurückzuführen ist, dass Jules die italienische Variante des Santé kennt. ›Gemeinsam Pizza essen‹, hallt es in mir wider – ein verheißungsvoller Gedanke!

»Kennst du eine gute Pizzeria?«, nehme ich das Thema dankbar an. Direkt mit der Tür ins Haus fallen will ich nicht, obwohl sie durch ihre Rückkehr in die Lounge Interesse signalisiert. Das vorsichtige Herantasten hat mir jedoch beim letzten Mal nicht die nötigen Informationen verschafft. Also versuche ich einfach den Mittelweg, ihre Telefonnummer habe ich ja schon. Ab jetzt kann nichts mehr schiefgehen!

Nach kurzem Nachdenken erwähnt Jules einen Laden in der Nähe der Kanzlei, in der sie arbeitet. Eine Mitteilung, die ich mir einpräge – wieder ein Detail über sie, auch wenn es nur ihren Arbeitsplatz betrifft. Der Name des Restaurants kommt mir bekannt vor, vermutlich hat einer meiner Angestellten davon berichtet. Selber war ich dort aber noch nicht und es gibt für mich keinen besseren Anlass, die Spezialitäten auszuprobieren. Alles eine Frage der richtigen Begleitung und die sitzt keine vier Fuß von mir entfernt.

»Wollen wir in den nächsten Tagen zusammen hingehen? Ich könnte dich direkt bei der Kanzlei abholen«, wage ich einen Vorstoß.

Bevor Jules zu einer Antwort ansetzt, werden wir von Sam unterbrochen, der darauf aufmerksam macht, dass die letzten Gäste soeben durch die Tür gehen. Erleichtert über diese Tatsache, aber gleichzeitig auch verärgert über die Störung, nicke ich ihm zu.

»Ich helfe dir sofort, fang doch bitte schon mal ohne mich an.«

Mein Angestellter salutiert lächelnd. »Gerne, Boss, lass dir Zeit.«

»Deine Mitarbeiter haben Humor, das gefällt mir«, erklärt Jules, als Sam anfängt, die Tische nach dem Verriegeln der Eingangstür abzuräumen. Die Bemerkung erinnert mich daran, wie herzlich sie mit Dylan über seinen überraschten Gesichtsausdruck gelacht hat. »Du solltest ihm helfen, ich warte hier solange.«

»Er kann das auch ohne mich erledigen. Erzähl mir ein wenig von dir, das ist mir momentan wichtiger«, lehne ich ab und ergreife ihre Hand. Zu meinem Erstaunen zieht Jules sie nach ein paar Sekunden zurück.

»Es gibt da etwas, das ich dir sagen möchte, aber ich würde es lieber tun, wenn wir alleine sind«, weicht sie aus.

Zwischen ihren Augenbrauen bildet sich erneut diese Furche und ich wette, dass meine Stirn ebenfalls nicht mehr glatt ist. Ich versuche zu ergründen, was in Jules vorgeht. Ihre Miene ist verschlossen, sogar ein wenig angespannt. Ein ungutes Gefühl steigt in mir auf, als ich sie weiter stumm betrachte.

»Bitte«, fügt sie leise hinzu.

Was soll ich dem entgegensetzen? Ich will sie nicht bedrängen, obwohl ich es kaum noch aushalte und unbedingt erfahren möchte, was ihr so zu schaffen macht. Seufzend stehe ich auf. Bevor ich mich jedoch den Aufräumarbeiten widme, beuge ich mich zu Jules hinunter, um ihr einen Kuss aufs Haar zu drücken.

»Lauf nur nicht weg«, flüstere ich ihr zu. Dabei greife ich nach dem Block mit der wertvollen Notiz und stecke ihn ein.

»Tue ich nicht«, verspricht sie. Drei Worte, die ich ihr vorbehaltlos glaube. Ich hoffe nur, dass ihr Handy ausgeschaltet ist, damit nicht wieder etwas dazwischenkommt.

Sam schließt sich meinem erhöhten Arbeitstempo an. Vermutlich wundert er sich darüber, bin ich doch sonst ein Prediger von Ruhe und Sorgfalt, wenn es um die Abläufe in der Lounge geht. Mehrmals schüttelt er grinsend den Kopf, sagt aber nichts. Mein Bedarf an Sprüchen von ihm ist für heute auch gedeckt. Nach zwanzig Minuten ist bis auf die Abrechnung des Tages alles erledigt, sodass Sam in seine Jacke schlüpft. Er verabschiedet sich kurzsilbig, winkt Jules zu, während er für mich noch ein Augenzwinkern übrig hat. Ein paar Sekunden später fällt die Hintertür ins Schloss – die Blondine und ich sind endlich allein!

Um keine weitere Wartezeit für Jules zu verursachen, beschließe ich, mich zuerst auf sie zu konzentrieren, bevor ich Kassensturz mache und die nächtliche Einzahlung für die Bank vorbereite. Nachdem ich uns nachgeschenkt habe, setze ich mich mit Handy sowie Notizblock bewaffnet zu ihr.

»Die Abrechnung kann warten. Ich speichere erst mal deine Nummer ein, sie ist ein kostbares Gut«, erläutere ich lächelnd. Als ich damit fertig bin, wähle ich den Eintrag. Es dauert nicht lange und schon erklingt die Melodie, die wir vor drei Tagen nachts im Keller gehört haben. »Funktioniert«, kommentiere ich erleichtert.

»Jetzt haben wir alle Zeit der Welt, um in Ruhe zu reden«, bringe ich uns zu dem Thema vor der heutigen Schließung der Lounge zurück. »Was hast du auf dem Herzen?« Wie aufs Stichwort legt Jules eine Hand an ihr Schlüsselbein und bedeckt damit den Bereich des Shirts, unter dem sich das herzförmige Muttermal befindet. Trotz der deutlich spürbaren Anspannung muss ich schmunzeln.

»Lance, ich bin nicht das, was du glaubst«, beginnt sie zögerlich.

Obwohl es mir schwerfällt, warte ich ruhig ab, schaue sie nur weiter aufmunternd an. In meinem Kopf rattert es allerdings unaufhörlich. Was meint sie damit? Ist sie keine Anwältin? Keine Frau? Diese Frage verwerfe ich jedoch sofort wieder – natürlich ist sie eine Frau, ich habe es deutlich gesehen und gespürt. Plötzlich fällt es mir wie Schuppen von den Augen: Sie ist kein Single. Was heißt, dass sie irgendjemanden mit mir betrogen hat!

»Du bist liiert?«, frage ich ungläubig, ja regelrecht anklagend.

»Nein!«, protestiert Jules empört. Ich atme auf. »Dann hätte ich dich weder geküsst, noch mit dir geschlafen.«

Die Aussage bringt das Rattern meiner Gedanken trotzdem nicht zum Erliegen. Sie führt vielmehr dazu, dass ich mir ausmale, wie die Nacht im Keller ohne unsere Annäherung ausgefallen wäre. Die Vorstellung gefällt mir nicht, also schiebe ich sie energisch beiseite.

»Was ist es dann?«

»Mein Leben verläuft ein wenig anders, als du das vermutlich erwartest«, fährt sie fort. »Am besten zeige ich dir, was ich damit meine. Darf ich den Waschraum benutzen?«

Zu behaupten, dass ich ihr noch folgen kann, wäre eine Lüge. Im Grunde habe ich keine Ahnung, was Jules meint. Aber okay, wenn sie mir etwas zeigen möchte, weil sie Schwierigkeiten hat, es in Worte zu fassen, dann bin ich damit einverstanden. Also nicke ich ihr zu und beobachte, wie sie den Inhalt ihres Weinglases in einem Zuge herunterspült, danach ihre Tasche ergreift und zu den Toilettenräumen hinübergeht. Als sie den Durchgang zum Flur mit den sanitären Anlagen passiert hat, bleibt mein Blick wie magisch darauf geheftet.

Nach einer kleinen Ewigkeit reiße ich mich von dem Anblick los. Ich muss mich beschäftigen, bevor ich aufspringe, um ihr voller Ungeduld zu folgen. Die Eingangstür der Lounge ist abgeschlossen, die Fenster auf den Toiletten sind vergittert, einfach verschwinden kann sie also nicht. Ich fasse den Entschluss, das Sinnvolle mit dem Nützlichen zu verbinden, und starte den Abrechnungslauf des elektronischen Kassensystems. Trotz der merkwürdigen Situation erinnert mich genau diese Tätigkeit an Sonntagabend. Da habe ich an derselben Stelle gestanden, als Jules zu mir getreten ist, um mich zu bitten, die Eingangstür für sie aufzuschließen.

Als die Abrechnung beendet ist, schiebe ich das Geldfach der Kasse zu und drehe mich um. Die Bankkassette fällt mir beinahe aus der Hand angesichts des Anblicks, der sich mir bietet. Die Frau, die durch den Raum auf mich zukommt, erkenne ich kaum wieder. Lautstark lasse ich einen Stoß Luft durch die Zähne entweichen, was sich wie ein Pfiff anhört. Ein Geräusch, das nicht passender sein könnte.

Mein Blick klebt an der Blondine, die mit sicheren Schritten auf mich zugeht. Wow, was für eine Erscheinung! Jules trägt die Haare, die ich bisher nur streng zurückgekämmt erlebt habe, offen. Wellenartig fallen sie ihr über die Schultern und rahmen das Gesicht ein. Die Augen sind auffälliger, aber nicht aufdringlich geschminkt. Die Lippen dagegen erstrahlen in einem feuerroten Farbton, wirken dadurch voller. Die weiße Bluse mit den dünnen roten Streifen ist eng geschnitten, ebenso wie der knielange schwarze Rock. Die Füße stecken in Schuhen, bei deren Absatzhöhe mir beim reinen Ansehen schwindelig wird. Wie man auf diesen Dingern laufen kann, werde ich nie verstehen. Für Jules scheint das kein Problem darzustellen; ohne einen Wackler verringert sie den Abstand zwischen uns. Während ich meinen Blick wieder ihren Körper hinaufwandern lasse – von den Nippeln, die sich unter der Bluse abzeichnen, kann ich mich kaum losreißen – bleibt sie stehen. Nur etwa ein Meter trennt uns voneinander.

Jules umfasst ein Ende des roten Tuchs, das sie um ihren Hals geschlungen hat, und zieht es im Zeitlupentempo herunter. Das andere Ende schlängelt sich dabei zwischen ihren Brüsten hindurch und gibt den tiefen Ausschnitt des Oberteils frei. Die Knöpfe sind so weit geöffnet, dass ich das kleine herzförmige Muttermal auf der linken Brust erkennen kann. Es macht mir bewusst, dass tatsächlich dieselbe Person vor mir steht, die Minuten zuvor in einem unauffälligen Erscheinungsbild zu den Waschräumen gegangen ist.

Ich schlucke, als die Blondine das schmale Seidentuch auf den Tisch legt und danach einen Knopf der Bluse schließt. Das Wiedererkennungsmerkmal verschwindet unter dem weißen Stoff, der Anblick ist trotzdem noch heiß.

»Dies ist mein üblicher Look, den es für die Arbeit in der Kanzlei auch in gedeckteren Farben, in hochgeschlossener Ausführung, flachen Schuhen und weniger Make-up gibt. Außerdem trage ich dann zusätzlich einen Blazer, vor allem bei Meetings und bei Terminen mit Mandanten« erklärt Jules mit gestrafften Schultern, während sie mir aus tiefblauen Augen entgegenblickt. Nur das leichte Flattern der Augenlider verrät ihre Anspannung. Sie wartet auf eine Reaktion von mir, die nach Ansicht meines kleinen Freundes eindeutig ausfällt.

Ihm ist die Wandlung egal, nein, sie kommt ihm sogar entgegen – erhofft er sich doch erneute Aufmerksamkeit. In meinem Hinterkopf mahnt dagegen ein anderer Teil von mir, nicht vorschnell zu handeln.

»Lance? … Ist alles okay?« Die Stimme der Augenweide vor mir dringt nur langsam zu mir durch. »Oder soll ich mich lieber wieder umziehen?«

Hat sie umziehen oder ausziehen gesagt? Mein Kopf ist wie leer gefegt. Wie soll ich bei dem Anblick einen klaren Gedanken fassen?

# KAPITEL 12

»Was hat das alles zu bedeuten?«, bringe ich mit Mühe hervor. Einen Schritt von mir entfernt steht ein Vamp und keine schüchterne Frau, die sich auf den Fingerknöchel beißt, wenn sie verhindern möchte, dass die Emotionen sich lautstark ihren Weg suchen. Will sie testen, ob ich nur aufs Äußere fixiert bin? Mir ist doch vollkommen egal, ob sie auch Negligés besitzt oder auf High Heels laufen kann, mit deren Absätzen man jemanden erdolchen könnte. Ihr Wesen ist es, das mich wie magisch anzieht – diese zurückhaltende, aber zugleich vertrauensvolle Art.

»Wollen wir uns setzen?«, unterbricht Jules meine rotierenden Gedanken. Sie reicht mir die Hand, die ich ohne nachzudenken ergreife. Die Haut fühlt sich warm und weich an, so wie ich es von unserer Odyssee im Keller in Erinnerung habe. Mein Daumen fängt wie ferngesteuert an, über den Handrücken zu streichen. Als ihre Finger daraufhin einen leichten Druck ausüben, um mich zu einem der Tische zu dirigieren, lasse ich die Hand jedoch wieder los.

›Irgendetwas stimmt hier nicht!‹

»Wer bist du wirklich?« Noch immer stehen wir voreinander, sehen uns an, warten gegenseitig auf eine Reaktion.

»Das versuche ich dir zu erklären, Lance«, antwortet Jules mit sanfter Stimme. In ihren Augen liegt Sorge, das kleine V, welches sich zwischen ihren Augenbrauen gebildet hat, verstärkt den Eindruck.

Ich schüttle den Kopf, um die Verwirrung zu vertreiben.

Als ich glaube, etwas klarer denken zu können, weise ich auf den Tisch neben uns. Wir setzen uns – jeder an eine Seite des Tisches – ohne die Blicke voneinander abzuwenden. Jules greift nach dem roten Seidentuch. Ihre Bewegungen sind geschmeidig, als sie es sich um den Hals bindet und die Enden im Ausschnitt der Bluse verschwinden lässt. Die anregende Show zuvor hat mir besser gefallen. Dem freizügigen Outfit ist durch ein kleines Accessoire ein Großteil des Reizes genommen worden. Nichtsdestotrotz wäre Jules die Aufmerksamkeit vieler Männer sicher, so ähnlich, wie es der Rothaarigen vor Kurzem hier ergangen ist.

»Möchtest du etwas trinken?« Der Gastgeber in mir kann nicht anders. Ich will bereits aufstehen, um unsere Gläser vom Nebentisch sowie die Flasche Chablis zu holen, als Jules ihre Hand auf meinen Arm legt.

»Können wir bitte einfach reden? Das alles fällt mir nicht leicht, trotzdem würde ich es gerne hinter mich bringen.«

In meinem Hinterkopf setzt ein Pochen ein. Wie eine Schlange windet sich ein mulmiges Gefühl von dort über mein Genick und den Hals den gesamten Rücken hinunter.

›Sie will es hinter sich bringen! Aus vorbei, das war es. Scheiße noch mal, sie schmeißt sich extra in ein sexy Dress, um mich abzuservieren.‹ Mit einem Seufzer lehne ich mich gegen die Rückenlehne des Stuhls, betrachte sie ohne ein Wort, und versuche mir in Erinnerung zu rufen, wie es zu all dem kommen konnte. Was ist aus der schüchternen Frau geworden, die sich so vertrauensvoll in meine Arme gekuschelt hat?

»Der Besuch in deinem Lokal war so nicht geplant. Zumindest nicht, was das Ende angeht«, beginnt Jules ihre Erklärung.

Tausend Fragen bilden sich in meinem Kopf, aber ich sehe sie nur weiter stumm an. Mit einem Pokerface warte ich auf die entscheidenden Worte, dass wir uns nicht wiedersehen werden.

»Erinnerst du dich an meine Begleiterin Cybille? Die gut aussehende Rothaarige, die den Männern an dem Abend den Kopf verdreht hat.«

Natürlich erinnere ich mich an den Rotschopf, habe ich das Erscheinungsbild beider Frauen doch gerade erst miteinander verglichen. Trotzdem nicke ich nur vage. Am Ende des Tages war das Rasseweib nicht mehr wichtig, eine andere Frau genoss meine gesamte Aufmerksamkeit.

»Sie ist Kolumnistin und verkauft ihre Artikel an verschiedene große Magazine. Der Auftritt hier in der Lounge diente der Recherche.«

Meine Augen weiten sich, als mir klar wird, was das zu bedeuten hat. Das ungute Gefühl wandelt sich in Sekundenbruchteilen in Ärger um. Das alles war ein Spiel, eines auf das ich lieber verzichtet hätte, wenn ich Teil eines fragwürdigen Berichts in einem Klatschmagazin für Frauen werde.

»Du gehst mit deiner Freundin auf Männerfang und sie schreibt dann Storys darüber, wie ihr die Männer verarscht habt?« Den Worten lasse ich ein verächtliches Schnauben folgen, das ich nicht unterdrücken kann. »Was für eine Farce hast du mit mir abgezogen? Wann kommt der Artikel über den Restaurantbesitzer, der auf den schüchternen weiblichen Gast abfährt?«

»Es war keine Farce«, protestiert Jules. »Ich diente bei dem Ganzen nur als Begleiterin, als unscheinbares Beiwerk, das keine Aufmerksamkeit auf sich ziehen sollte. Doch du hast mich bemerkt, obwohl ich wie ein hässliches Entlein herumgelaufen bin. «

»Hässliches Entlein? Stell dein Licht nicht unter den Scheffel, Jules. Du bist auch ohne diese Aufmachung als Schwan eine schöne Frau. Eine, die sich hilfesuchend an mich gewandt hat. Du bist mir aufgefallen, weil du mir etwas vorgespielt hast, nicht, weil du mir neben deiner aufreizenden Freundin leidgetan hast.« Die Worte sprudeln nur so aus mir heraus, der Vorwurf verändert die Miene von Jules. Sie kneift die Lippen zusammen und reibt sich mit dem Zeigefinger über die Furche an ihrer Stirn. Ein paar Sekunden später schaut sie mich an, ihr Mund öffnet sich … und schließt sich gleich darauf wieder. Die stumme Geste beweist mir, dass ich recht habe. Die Blondine hat dem Vorwurf nichts entgegenzusetzen. Ihre Freundin war gemeinsam mit ihr darauf aus, Männer zu finden, die entweder auf den Vamp oder die Schüchterne abfahren. Ich bin sogar so dämlich, dass ich auf beide Frauentypen reagiert habe.

Ich merke, wie immer mehr Wut in mir aufsteigt. Er verdrängt die Fassungslosigkeit, die sich zuerst gebildet hat. Nichts hält mich mehr auf dem Stuhl. Als ich aufspringe, fällt er polternd um, aber das interessiert mich nicht. Jules erhebt sich ebenfalls und geht langsam um den Tisch herum. Mit jedem Schritt, den sie mir näher kommt, wird meine Wut größer.

»Es war nicht alles gespielt«, beteuert sie, doch ich schüttle nur den Kopf.

»Nein? Aber du kannst sicher nicht leugnen, dass es amüsant war, zu vergleichen, welcher Kerl sich dümmer angestellt hat«, erwidere ich süffisant.

Es beginnt eine Diskussion, in der Jules versucht, mir ihre eigenen Beweggründe und die ihrer Freundin näher zu bringen. Wie es zu der Idee kam, an wie vielen Abenden sie das Experiment durchgeführt haben, warum sie selbst sich darauf eingelassen hat. Sie hat es als netten Zeitvertreib und Abwechslung vom Alltag angesehen – als eine harmlose Beobachtung von Reaktionen der Männer in den Lokalen, die sie zusammen aufgesucht haben. Während der Erzählung bleibt sie ruhig, drückt sich gewählt aus, ohne jemanden lächerlich dastehen zu lassen. Trotzdem prallt jedes ihrer Worte an mir ab. Je mehr ich höre, desto weniger erkenne ich Jules in der Frau wieder, die vor mir steht. Mein Verständnis für dieses Vorgehen hält sich in Grenzen. Nein, das stimmt nicht – ich kann überhaupt keines aufbringen.

»Was war das Beste an der Sache? Dass ihr am Ende über die Trottel, die auf die Scharade hereingefallen sind, herziehen konntet? Ich hoffe, ihr hattet euren Spaß, als ihr euch über den Ausklang des Abends in meiner Lounge ausgetauscht habt.«

»Glaub mir, so war es nicht. Ich habe noch gar nicht mit Cybille gesprochen, seitdem sie dein Lokal mit dem Typen verlassen hat. Sie weiß nichts von unserer Nacht im Keller und so soll es auch bleiben. Du und ich, das geht sie nichts an. Es wird kein Thema in ihren Artikeln.«

»Es gibt kein du und ich«, stelle ich ihre Aussage wütend richtig. »Ich habe eine Nacht mit einem Menschen verbracht, der gar nicht existiert.«

Die Unterlippe von Jules bebt, als sie mich betrachtet. Ich weiche ihrem Blick aus, um diese Unterhaltung – die Lügen – zu beenden. Am liebsten würde ich sie am Arm packen, um sie eigenhändig zur Tür hinauszubefördern.

›Warum tue ich das eigentlich nicht?‹

»Ich bin derselbe Mensch, Lance. Die Frau, mit der du im Keller warst, existiert. Sie steht hier vor dir und es tut ihr leid, dass sie die Schüchterne gespielt hat. Als ich gemerkt habe, wohin uns das führt, war es bereits zu spät. Du hast mich so fasziniert, dass ich nicht aufhören konnte. Ich wollte die Berührungen, den Sex und das Einschlafen in deinen Armen.« Jules kommt vorsichtig einen weiteren Schritt auf mich zu. Mit einem Kopfschütteln halte ich sie auf. Ich für meinen Teil brauche Abstand. »Es tut mir leid, ich wollte dich nicht verletzen«, wiederholt sie ihre Worte, doch sie ändern nichts.

»Geh einfach«, fordere ich die Blondine auf. »Nimm dein sexy Outfit und verlass mein Lokal. Mit deinem selbstbewussten Auftreten sollte dir das nicht schwerfallen. Ich habe genug gehört, es reicht.«

Sekundenlang tut sich nichts. Die blauen Augen von Jules fixieren mich, mein Blick bleibt ebenfalls auf sie gerichtet. In den Augenwinkeln der Blondine sammeln sich Tränen, die sie wegblinzelt. Einen Moment lang muss ich den Drang unterdrücken, sie tröstend in den Arm zu nehmen.

›Reiß dich zusammen, sie zieht nur wieder eine Show ab‹, verbiete ich mir diese Regung. Dann endlich dreht sie sich um, ergreift ihre Tasche und geht zur Tür. Ich folge ihr, um aufzuschließen. Ohne sie anzusehen, drücke ich mich mit der Schulter gegen die Tür, um den Schlüssel leichter im Schloss drehen zu können.

»Es tut mir leid«, flüstert Jules mir ein letztes Mal zu, ehe sie durch den Türspalt tritt. Ich blicke ihr nicht nach, höre nur die Schritte auf dem Gehweg, die immer leiser werden. Im selben Maße, wie sich das Geräusch entfernt, trifft das auch auf Jules in meinem Leben zu.

Wie betäubt rutsche ich mit dem Rücken an der Holzzarge herunter, bis ich auf dem Boden sitze. Dort angekommen, ziehe ich die Knie an, bette meine Stirn darauf und fahre mir mit den Händen durch die Haare.

›Verfluchter Mist, sie ist weg. Nein, schlimmer, meine Jules gibt es gar nicht!‹

Der Nachrichtenton des Handys holt mich nach einer Weile aus den trüben Gedanken. Verwirrt hebe ich den Kopf. Wer schickt mir um diese Uhrzeit eine Message? Obwohl ich ahne, dass sie von dem Blondinenvamp stammt, erhebe ich mich schwerfällig. Herrgott, wie lange habe ich in dieser Position verharrt? Meine Muskeln fühlen sich an, als wären es Stunden gewesen. So steif habe ich mich noch nie gefühlt. Ein Blick auf die Uhr belehrt mich eines besseren. Es ist kurz nach 1 Uhr, also kann Jules nicht länger als eine halbe Stunde weg sein. Es kommt mir trotzdem wie eine Ewigkeit vor.

Mein Kopf dröhnt, als ich auf den Tresen zugehe. Bevor ich nachschaue, wer mir geschrieben hat, räume ich den Tisch ab, an dem ich mit Jules saß. Als wir dort zusammen Wein getrunken haben, war alles in Ordnung. Ein paar Minuten später hat sie sich im Waschraum in etwas verwandelt, das ich nicht verstehe. An ihrem Glas entdecke ich Reste des zartrosa Lippenstifts, den sie bei der Ankunft in der Lounge trug. Er hat besser zu ihr gepasst, als das Rot, mit dem sie den Laden wieder verließ. Die Neige in meinem eigenen Weinglas spüle ich mit einem Schluck hinunter. Der Chablis ist inzwischen warm und schmeckt regelrecht fade – so wie der Nachgeschmack von Jules' Auftritt. Ich sollte zusehen, dass ich nach Hause komme.

Hier gibt es nichts mehr, das mich hält.

Die kühle Luft, die ich auf dem Weg zur U-Bahn-Station einatme, vertreibt den Kopfschmerz kaum. Während ich am Bahnsteig auf das Eintreffen des nächsten Zuges warte, ziehe ich mein Handy hervor und lese die neueste Nachricht. Sie ist tatsächlich von Jules. Erneut teilt sie mir mit, dass es ihr leidtut. Außerdem hofft sie, dass wir in ein paar Tagen noch einmal in Ruhe über die Sache sprechen können. Ich lösche den Text, ohne darauf zu antworten. Es ist alles gesagt, weitere Lügen sind nicht notwendig.

Zuhause angekommen muss ich mich zusammennehmen, um die Tür meines Appartements nicht lautstark zuzuknallen. Ärger und Enttäuschung brodeln in mir, das stetige Pochen in meinem Kopf hat sich inzwischen vom Hinterkopf bis zu den Augenhöhlen vorgearbeitet. Ich brauche etwas, um dem Ganzen den Garaus zu machen. Entschlossen greife ich zur Flasche mit dem Single Malt. Der achtzehn Jahre alte Aberlour Whiskey rinnt mir die Kehle herunter, das Brennen im Hals heiße ich willkommen. Nachdem ich den ersten Doppelten im Stehen hinuntergespült habe, setze ich mich für den Nächsten auf die gepolsterte breite Fensterbank im Wohnzimmer. Ich proste meinem Spiegelbild zu und leere das zweite Glas ebenfalls in einem Zug. Nach einem Weiteren fangen die Lichter der Stadt an zu verschwimmen. Gleichzeitig hören die Gedanken in meinem Kopf auf, mich zu verhöhnen. Nur noch ein bisschen und nichts, was an diesem Abend passiert ist, hat irgendeine Bedeutung…

# KAPITEL 13

»Disturbia«, surrt Rihanna mir ins Ohr. Ich murmle ihr zu, dass sie weggehen soll, aber ihre Laune ist ungetrübt. Als ich den Kopf hebe, um dem Geträller Einhalt zu gebieten, spüre ich die pure Zerstörung in meinem Schädel. Während ich die Augen zusammenkneife, damit der Hammer aufhört, gegen meine Stirn zu schlagen, verstummt Rihannas Stimme genauso schlagartig, wie sie aufgetaucht ist. Seufzend lasse ich den Kopf wieder sinken, im selben Moment fängt die Matratze an, unter meinem Ohr zu vibrieren. Verwirrt öffne ich die Lider und schaue mich schwerfällig um.

Im Zimmer ist es hell, da die Vorhänge nicht zugezogen sind. Die Möbel stehen nicht an ihrem Platz. Wer zum Teufel hat die Kommode von der Fußseite an die Kopfseite des Bettes verschoben? Im Augenwinkel sehe ich etwas aufblinken und blinzle vorsichtig in die Richtung. In den Augenhöhlen brennt die Bewegung wie Feuer, heilige Scheiße. Ich muss was dagegen sowie gegen das Dröhnen in meinem Kopf tun. Mit der Hand taste ich nach dem Nachtschränkchen neben dem Bett – es ist nicht da, meine Finger greifen ins Leere. Jetzt reicht's aber, was soll der Mist mit der Möbelumstellerei?

Trotz des Vorschlaghammers, der weiterhin meine Stirn malträtiert, setze ich mich auf. Erst jetzt merke ich, dass ich meine Klamotten noch trage. Die Bettdecke ist zerwühlt, doch ich muss darauf anstatt darunter geschlafen haben. Das Kopfkissen hat dabei als Fußstütze gedient, was auch erklärt, warum die Kommode nicht am richtigen Bettende gestanden hat, als ich aufgewacht bin.

Schritt für Schritt, Bild für Bild dringen die Ereignisse des gestrigen Abends zu mir durch. Jules, die Schüchterne, die sich in Jules, den Vamp verwandelt hat. Die Lügen, die Lichter der Stadt, der Whiskey – der Ärger über einiges davon flammt auf, doch der Schmerz ist stärker. Wütend zu sein kostet Kraft, die ist jedoch heute Nacht im Alkohol versunken.

Nachdem ich zwei Aspirin genommen und mich unter die Dusche gestellt habe, kommen die Lebensgeister langsam zu mir zurück. Der Espresso schmeckt mir dennoch nicht, das Lesen der Morgenzeitung ziehe ich gar nicht erst in Erwägung. Stattdessen greife ich zum Handy, das weiterhin mit einem Blinken signalisiert, dass es neue Anrufe und Gespräche auf der Mailbox gibt. Sie stammen allesamt von Charlene, wie ich nach dem Abhören feststelle. Ihre aufgeregte Stimme schallt mir entgegen, die mich fragt, was gestern passiert ist. Offenbar habe ich die Geldkassetten auf dem Tresen liegenlassen, zudem war die Eingangstür zwar abgeschlossen, aber nicht zusätzlich oben und unten verriegelt.

Als ich all das höre, grenzt es für mich an ein Wunder, dass ich das Licht noch gelöscht und das Schloss an der Hintertür benutzt habe. So was darf nicht wieder vorkommen! Mein Leben ist vollkommen aus den Fugen geraten, dagegen muss ich etwas tun.

Um keine weiteren Anrufe von meinen Mitarbeitern zu provozieren, schicke ich Charlene eine Nachricht. Darin teile ich ihr mit, dass alles in Ordnung ist und ich etwas früher in der Lounge auftauche, um meine »Vergehen« zu besprechen. Danach versuche ich, den Kopf freizubekommen – zum einen von dem pochenden Schmerz, zum anderen von bestimmten Erinnerungen. Da Joggen nicht infrage kommt, absolviere ich die Runde, die ich normalerweise im Park laufe, in normalem Spaziergängertempo. Dabei fällt mir auf, dass entschieden zu viele Blondinen unterwegs sind, sei es als Joggerinnen oder noch schlimmer in unauffälliger Businesskleidung.

Zur besten Geschäftszeit des Mittagsbetriebes betrete ich schließlich die Lounge. Der Laden ist rappelvoll, beim ersten Rundblick kann ich keinen freien Tisch entdecken. Charlene läuft gestresst hin und her, offenbar ist die für heute eingeteilte Aushilfe nicht erschienen. Wir wechseln einen kurzen Blick, danach ist alles klar. Keine Minute später habe ich einen Pfefferminzbonbon im Mund, meine Jacke ausgezogen und die Kellnerschürze umgebunden. Nach einem »Hallo« in Richtung Küche, greife ich beherzt nach zwei Tellern, die für Tisch vier markiert sind und trage das Essen zu den Gästen. Eine Stunde lang kommen Charlene und ich nicht dazu, auch nur drei Sätze miteinander zu wechseln. Ich frage mich in dem Trubel allerdings mehrfach, ob dieser Andrang eine Ausnahme ist oder häufig vorkommt. Den Punkt muss ich unbedingt mit meiner Angestellten klären. Falls das Standard ist, brauchen wir für die Mittagszeit mehr Personal. Zum Glück läuft in der Küche alles ruhig ab. Eddy, der zweite Koch, der an Dylans freien Tagen die Gerichte zubereitet, hat die Abläufe genauso gut im Griff, wie es bei meinem Küchenchef selbst auch immer der Fall ist.

»Wo ist Sally?«, erkundige ich mich bei den beiden, als die Betriebsamkeit langsam abebbt. Charlene erklärt, dass die Studentin sich eine Stunde vor Schichtbeginn krankgemeldet hat und keine andere Hilfe so kurzfristig einspringen konnte. Auf meine Gegenfrage, warum sie mich nicht angerufen hat, ernte ich zunächst nur einen Blick mit hochgezogener Augenbraue. Mit einem Kopfnicken delegiert Charlene mich auf den Flur, wo sie die Tür zur Küche schließt.

»Deine Antwort darauf, dass du mögliche Einbrecher geradezu animiert hast, die Tür aufzubrechen, um die sichtbar herumliegenden Tageseinnahmen zu stehlen, bestand aus drei Zeilen verquerer Sätze. Keine besonders gute Motivation, dich darum zu bitten, ad hoc einzuspringen.« Obwohl Charlene ihre Worte ruhig hervorbringt, ist der unterschwellige Vorwurf für mich deutlich herauszuhören.

»Ich war abgelenkt, aber zum Glück ist ja nichts passiert«, versuche ich – zugegebenermaßen ein wenig lahm – die Sache herunterzuspielen. »Du hättest mich trotzdem anrufen können, wenn Not am Manne ist.«

»Normalerweise ist das Mittagsgeschäft gut alleine zu schaffen, heute war ungewöhnlich viel Betrieb«, erklärt sie mit einem Schulterzucken. »Ich dachte, es wäre besser, dich in Ruhe zu lassen, nachdem deine Stimmung in den letzten Tagen kaum zu ertragen war. Willst du mir erzählen, was mit dir los ist?«

»Dann brauchen wir kein zusätzliches Personal für diese Schicht?«, starte ich ein Ablenkungsmanöver von dem unliebsamen Thema, an das ich nicht erinnert werden will. Charlene wäre jedoch nicht Charlene, wenn sie mich damit so einfach durchkommen ließe. Sie mustert mich von oben bis unten, schaut mir danach sekundenlang in die Augen, ehe sie sich räuspert.

»Du musst nicht mit mir darüber sprechen. Aber tu mir bitte den Gefallen und halte den Laden am Leben, ich arbeite nämlich gerne hier.«

»Ich will die Sache nur vergessen«, bringe ich als Entschuldigung dafür vor, dass ich mich ihr nicht anvertraue. »Dabei wird mir nichts besser helfen als die Lounge. Also mach dir keine Sorgen, dein Job ist sicher. Ohne dich wäre ich aufgeschmissen und müsste das Frühstücksgeschäft aufgeben.«

Das ehrliche Kompliment zeigt Wirkung, die Miene von Charlene entspannt sich deutlich. Im selben Maße löst sich auch bei mir einiges an Anspannung. Ich bin froh, dass wir zu unserem normalen freundschaftlichen Verhältnis zurückkehren. Einen Moment lang bereue ich es sogar, ihr nicht von Jules erzählt zu haben. Sie hätte es bestimmt verstanden, aber da sich die Sache erledigt hat, verliere ich kein weiteres Wort darüber. Das ist inzwischen kalter Kaffee.

Wie sehr ich mit dieser Einschätzung daneben liege, zeigen die nächsten beiden Tage. Für Jules ist das Thema offenbar noch lange nicht abgeschlossen. Mehrmals schickt sie mir Nachrichten, in denen sie um eine Aussprache bittet, oder sie ruft mich an. Ich ignoriere jeglichen Versuch. Zusätzlich ist die Mailbox ausgeschaltet, sodass ihre Anrufe ins Leere laufen. Dennoch wandert mein Blick zwischendurch zu dem Fenster, auf das auch Jules am Donnerstagabend so nachdenklich geschaut hat. Ist es nicht das Fenster, welches meine Aufmerksamkeit auf sich zieht, dann ist es der Eingang des Restaurants, durch den aber in diesen Momenten nie jemand kommt. Die Streiche des Unterbewusstseins sorgen dafür, dass sich meine Stimmung nicht verbessert. Ich verfluche die letzte Begegnung mit Jules, die die Lügen aufgedeckt hat. Gleichzeitig festigt sich mein Entschluss, nicht auf ihre Versuche der Kontaktaufnahme zu reagieren.

Am Sonntagabend agiert die Blondine besonders geschickt, indem sie mich an die Abläufe vor einer Woche erinnert. Eine Message zu dem Zeitpunkt, als sie die Lounge betreten hat; eine weitere, als ich das Essen serviert habe; die nächste ein paar Minuten nachdem ich die Eingangstür abgeschlossen habe – also die Zeit, als sie von der Toilette zurückgekommen ist. Zum Abschluss eine, als sie im Laden auf das Taxi gewartet hat.

Einen Moment lang bin ich geneigt, ihre Nummer zu blockieren, da ich nicht auch noch an das Duell mit der Truhe und die daraus resultierende Nacht im Keller erinnert werden will. Doch irgendwas tief in meinem Innern hält mich davon ab. Stattdessen stelle ich das Handy auf lautlos und stecke es in die Tasche der Lederjacke, die im Flur außerhalb meines Sichtfeldes hängt. Aus den Augen, aus dem Sinn – so einfach geht das! Wären da nicht die Blicke in Richtung Fenster, die mein Unterbewusstsein weiterhin steuert…

Kurz nach Sam verlasse ich schließlich mit der Geldkassette für die Bank das Lokal durch die Hintertür. Diese sperre ich genauso sorgfältig ab, wie ich zuvor die Eingangstür gesichert habe. Ein weiteres Mal schafft die Blondine es nicht, mich von den Vorkehrungen oder meinem Heimweg abzulenken. Als ich jedoch auf den Gehweg trete, fällt mein Blick auf eine Person, die auf der anderen Straßenseite unter einem Regenschirm steht. Der weiße

Stoff des Schirms wird vom Licht der Straßenlaterne ange-strahlt, sodass es unmöglich ist, ihn nicht zu bemerken. Der Regen rinnt mir von den Haaren in den Kragen, während ich wie hypnotisiert auf die Frau starre, die mich beobachtet: Jules!

Sekundenlang sehen wir uns an, ohne uns von der Stelle zu bewegen. Schließlich hebt die Blondine die Hand und winkt mir zu. Die Geste holt mich schlagartig in die Realität zurück. Dort steht die Frau, die mir etwas vorgespielt hat. Womöglich ist der gekonnte Auftritt unter der Straßenlaterne nur ein weiteres Kapitel in dem abgekarteten Spiel mit ihrer Kolumnistenfreundin.

›Nicht mit mir, Baby!‹ Ich wende den Blick ab, schlage den Kragen hoch und setze meinen Weg in Richtung U-Bahn-Station fort. ›Du kannst an der Stelle stehenbleiben, bis der Schnee fällt – das ändert gar nichts!‹

Am Montag, dem Ruhetag in der Lounge, habe ich auch Ruhe vor Jules – keine Nachricht, kein weiterer Anruf. Trotzdem fühlt sich der Sieg, den ich errungen habe, nicht wie einer an. Missmutig erledige ich die Einkäufe im Großmarkt, räume meine Wohnung auf und powere mich im Fitnessstudio aus. Den Anblick der Blondine unter der Straßenlaterne, die mir hoffnungsvoll zuwinkt, bekomme ich dennoch nicht aus dem Kopf.

Der Besuch in einem Spezialitätengeschäft für hochwertigen Kaffee am anderen Ende der Stadt soll meine Gedanken ablenken. Ich probiere eine neue Arabica-Hochlandsorte, die ich mir als Sonderedition für einen speziellen Anlass in der Lounge vorstellen könnte. Es wäre eine reine Werbeaktion, wie ich nach einer überschlägigen Kalkulation feststelle, doch das ist es mir wert.

»Ich habe hier noch eine weitere besondere Qualität, die sie kosten sollten«, erklärt mir der Verkäufer, nachdem ich mein Okay für die Arabica-Mischung gegeben habe. »Es handelt sich um Bohnen, die nur auf einer Fläche von 7.000 Quadratmetern angebaut und von Hand geerntet werden. Die Sorte nennt sich Jamaica Blue und ist heute Morgen frisch eingetroffen.«

Bei Nennung der Kaffeemarke zieht sich mein Magen zusammen. Warum muss der Kerl mir ausgerechnet diese anbieten? Der interessierte Blick von Jules, als ich ihr von der Gaumenfreude vorgeschwärmt habe, schleicht sich in meinen Kopf und setzt sich unbarmherzig fest.

»Danke, ich kenne die Bohnen«, wiegle ich ab. Gleichzeitig mache ich deutlich, dass ich die Arabica-Mischung bezahlen will und der Einkauf sowie die Verköstigungen für heute beendet sind. Fast fluchtartig verlasse ich ein paar Minuten später das Geschäft. Was für ein Reinfall in Sachen Ablenkung!

Als ich Dienstag am frühen Nachmittag in die Küche der Lounge komme, um Dylan zu begrüßen, der ein paar Tage frei hatte, schaut er mich mit gerunzelter Stirn an.

»Wann wolltest du mir erzählen, dass die Kleine hier im Laden aufgetaucht ist?«, kommt er nach seinem Gegengruß gleich zum Punkt. »Sam hat mir gestern, als ich ihn zufällig getroffen habe, von einem hollywoodreifen Kuss berichtet, den ich nach all deinen Befürchtungen kaum glauben kann. Es läuft also endlich zwischen euch beiden?«

»Gar nichts läuft mit Jules«, brumme ich ihn an. »Das Thema Blondine hat sich erledigt. Sie ist nicht das, was ich in ihr gesehen habe.« Den fragenden Blick, den mein Koch mir daraufhin zuwirft, ignoriere ich. Stattdessen will ich mich schon auf die Suche nach dem Klatschweib Sam machen, als mir einfällt, dass dieser heute frei hat. Sein Glück, ansonsten dürfte er sich jetzt etwas von mir anhören. Meine Geschichte ist doch kein Gesprächsthema für die Angestellten. So ein Idiot!

»Hast du die Spezialitätenliste für diese Woche fertig?«, lasse ich den Chef raushängen. Dylan weist mit dem Kopf in Richtung der Kühlschränke. An einem hängt gut sichtbar seine Vorschlagsliste, die ich wortlos an mich nehme. Wie immer gibt es daran nichts auszusetzen, daher nicke ich ihm nur zu und verlasse sein Revier. Wenn mich von den anderen Angestellten noch jemand auf Jules anspricht, weil Sam mehr Leuten von ihrem Auftritt erzählt hat, kann derjenige für heute gleich wieder nach Hause gehen!


Im Laufe des Abends fällt mir auf, dass Dylan die Tür zur Küche häufiger geschlossen hat, als das sonst bei ihm der Fall ist. Mein schlechtes Gewissen regt sich, weil ich so unfreundlich reagiert habe. Als zwischendurch alle Gäste versorgt sind und die Aushilfe entspannt mit dem Handy herumspielt, gönne ich mir eine Pause. Ein geeigneter Zeitpunkt, um mich bei meinem Koch zu entschuldigen. Ich hoffe, dass sich die Wogen wieder glätten lassen. Streit mit den Angestellten ist das Letzte, was ich jetzt gebrauchen kann.

»Tut mir leid, dass ich so abweisend war, als du nach der Blondine gefragt hast«, starte ich einen Entschuldigungsversuch. »Es ist nicht gut gelaufen, daher möchte ich das Thema abhaken.«

»Klappt das Abhaken denn, Boss?«, will Dylan mit einem Augenzwinkern wissen. »Du hängst doch noch an der Kleinen, oder?«

»Nein!«, protestiere ich – viel zu schnell und viel zu laut. Dylans Mund verzieht sich zu einem Grinsen. Ich winke genervt ab, weil meine Worte so wenig überzeugend waren. »Schwamm drüber, okay?«

»Wenn du mir ein paar Zutaten aus dem Keller holst, vergesse ich das Ganze«, schlägt er zu meiner Überraschung vor. Eine merkwürdige Art, eine Entschuldigung anzunehmen. Aber so what, mir ist jedes Mittel recht, um die friedliche Stimmung, die normalerweise im Laden herrscht, zurückzuholen.

»Natürlich«, stimme ich daher zu. »Was brauchst du denn?«

»Ahornsirup. Er steht im ersten Regal ganz rechts im oberen Bereich.«

Ich warte ab, ob er noch mehr aufzählt, was jedoch nicht der Fall ist. »Ihr Wunsch sei mir Befehl, Sir«, flachse ich, bevor ich mich auf dem Absatz umdrehe und zum Keller gehe.

Aus lauter Gewohnheit will ich den Holzkeil vor die Türschwelle schieben, doch das ist ja inzwischen überflüssig. Der Keil liegt im Flur in einem der Schränke und fristet dort ein einsames Dasein. Ich knipse also lediglich das Licht an, ehe ich die Treppe hinuntergehe. Unten angekommen höre ich, wie oben die Tür zufällt.

›Das hörte sich wie Abschließen an‹, wundere ich mich, als ich ein Geräusch vernehme, das dem Drehen eines Schlüssels im Schloss gleichkommt. Kopfschüttelnd über diesen abstrusen Gedanken wende ich mich dem Regal mit den Küchenzutaten zu. In dem Moment, in dem ich nach der Flasche mit dem Sirup greife, nehme ich aus dem Augenwinkel eine Bewegung wahr. Ich kann gerade noch verhindern, dass mir die Zutat aus der Hand rutscht, als ich vor Schreck zusammenzucke.

Mein Blick wandert zu der Stelle, an der jemand steht und mich ansieht.

»Was machst du denn hier?«, frage ich verwundert. In derselben Sekunde ahne ich bereits, dass ich mich kurz zuvor nicht verhört habe.

# KAPITEL 14

Die Frau, die mich soeben mit ihrem Erscheinen überrascht hat, streicht sich eine Strähne hinters Ohr. Die
blonden Haare sind zu einem Knoten am Hinterkopf zu-
sammengebunden, doch diese eine vorwitzige Strähne lässt
sich nicht bändigen. Kaum hat die Blondine ihre Finger
vom Ohr gelöst, suchen sich die Haare wieder ihren Weg
nach vorne. Nur schwer kann ich den Blick von dem
Schauspiel lösen. Nach einem Räuspern, um mich zu
sammeln, stelle ich die nächste Frage.

»Wie kommst du hier rein?«

»Dein Koch hat mir geholfen. Bitte Lance, können wir
uns aussprechen?«

»Dylan also«, schnaube ich verächtlich. »Na, der kann was
erleben!« Meine Knöchel treten weiß hervor, als ich die
Flasche mit dem Sirup umfasse und mich im Laufschritt
zur Treppe begebe. Immer zwei Stufen auf einmal neh-
mend, stürme ich sie hoch. Der Knauf lässt sich drehen,
aber die Tür nicht öffnen. ›Dieser verdammte Mistkerl von
einem Angestellten!‹

»Mach die Tür auf, Dylan«, brülle ich. Die Sirupflasche
landet unsanft auf einem der Bierfässer, die oben auf der
Empore lagern. Mit der freigewordenen Hand hämmere
ich gegen die schwere Holztür, während ich mit der rechten weiter am Knauf rüttle. »Oder du warst die längste Zeit
Koch in der Lounge.«

»Wenn du so weitermachst, sind auch die neuen Beschläge kaputt. Außerdem schauen schon die ersten Gäste in
diese Richtung. Willst du für noch mehr Aufsehen sor-

gen?«, erwidert er mir seelenruhig von der anderen Seite. »Beruhige dich, ich schließe erst auf, wenn Jules mich darum bittet. Bis dahin wünsche ich euch eine entspannte Zeit.« Als ich weiter gegen die Tür trommle, fordert Dylan mich auf, die Blondine wenigstens anzuhören.

Kopfschüttelnd blicke ich nach unten. Jules hat sich auf die Schatztruhe gesetzt und beobachtet mich. Erneut schiebt sie die Strähne hinters Ohr, wo diese aber nicht bleibt. Es juckt mich in den Fingern, den nächsten Versuch zu starten.

›Was denke ich da eigentlich? Das alles ist doch nur wieder Show‹, weise ich mich in die Schranken.

»Was hast du meinem Koch dafür geboten, dass er dich hier hereingelassen, mich runtergelockt und uns eingeschlossen hat?«, knurre ich, als ich die Treppe hinuntergehe. Ich kenne Dylan, dem kann ich mit der Todesstrafe drohen, der macht die Tür nicht auf. »Glaubst du, dass du die Stimmung auf diese Weise zurückholen kannst, sodass ich alles im Handumdrehen vergebe und vergesse?«

»Vergessen – nein, vergeben – vielleicht, anhören – ja, darauf hoffe ich. Es muss doch einen Weg geben, dass wir uns aussprechen.« Ihr Blick bleibt auf mich geheftet, obwohl ich nicht antworte. Da ist nichts mehr von dem schüchternen Wesen, das seinen Kopf senkt, wenn ihm etwas unangenehm ist. Die Frau, die auf der Truhe sitzt, ist Augenkontakt gewohnt und hält ihm stand. Trotzdem ziehen mich die blauen Augen nach wie vor an. »Bitte Lance, das alles tut mir so leid. Ich habe eine Grenze überschritten, das ist mir klar, aber ich wollte dich nie verletzen. Meine Gefühle waren und sind echt.«

»Was können das schon für Gefühle sein, die auf Lügen

basieren«, kommentiere ich trocken. Gleichzeitig lehne ich mich an das Weinregal, verschränke dabei die Arme vor der Brust. Jules rutscht auf dem Deckel der Truhe hin und her. Am Ende setzt sie sich leicht schräg, damit sie mich weiterhin direkt ansehen kann. Ein Bein liegt über dem anderen, der linke Fuß wippt auf und ab, während sie die Lippen zusammenpresst. Die Sekunden vergehen, ehe sich die Gesichtszüge der Blondine entspannen. Sie fährt sich mit der Zungenspitze über die Oberlippe, legt die Hände im Schoß ineinander und fängt schließlich an zu sprechen.

»Diese Bemerkung habe ich wohl verdient«, seufzt sie. »Die Wahrheit ist, dass ich den gesamten Vormittag vor der Lounge gewartet habe. Als dein Koch kam, hat er mich entdeckt und angesprochen. Ich war überrascht, dass er nichts davon wusste, wie der Donnerstagabend für uns ausgegangen ist.

›Sie hat stundenlang vor dem Lokal ausgeharrt‹, resümiere ich beeindruckt, lasse mir aber nichts anmerken. ›Ist es ihr wirklich wichtig, die Situation zu klären?‹

Ich verändere meine Haltung, indem ich die Arme herunternehme, um die Daumen in den Bund der Hose einzuhaken. Dies führt dazu, dass auch Jules ihren Sitz ein weiteres Mal korrigiert. Sie löst die ineinander verknoteten Finger und stützt sich mit den Händen neben den Oberschenkeln ab. Einen Atemzug lang unterbrechen wir den Augenkontakt, nehmen ihn danach jedoch umso intensiver wieder auf.

»Dylan hatte ein paar Tage frei, außerdem bespreche ich nicht alles Persönliche mit den Angestellten«, erkläre ich die Unwissenheit meines Kochs.

»Das verstehe ich. Selber habe ich auch mit niemanden

über den Abend gesprochen«, versichert Jules im Gegenzug. »Schon gar nicht mit Cybille«, fügt sie im Flüsterton hinzu. Ihre Augenlider blinzeln mehrfach, ein Schimmern verrät den Grund dafür. Dennnoch ist die Blondine bemüht, den Kontakt unserer Blicke nicht abreißen zu lassen.

Seufzend stoße ich mich vom Regal ab. Hoffnung keimt in der Haltung von Jules auf, als ich langsam auf sie zugehe. Sie verfolgt jeden meiner Schritte, strafft die Schultern und rückt ein wenig zur Seite, als ich mich neben ihr niederlasse. Wir sitzen beide jeweils am äußersten Ende der Truhe – in einem stillen Abkommen darauf bedacht, uns nicht zu berühren.

»Erklär mir alles ganz genau. Ich versuche zu verstehen, was dich dazu bewogen hat, bei diesem abgekarteten Spiel mitzumachen. Welche Rolle war für mich bei all dem geplant?«, fordere ich Jules auf.

»Keine … du warst gar kein Part von Cybilles Plan«, versichert sie prompt. Dabei bleiben ihre Augen ohne Veränderung auf meine gerichtet, sodass ich ihr glaube. Erleichtert löse ich den verkrampften Griff um die Kante des Truhendeckels. Als ich Jules zunicke, erzählt sie ruhig und von Anfang an, wie ihre Freundin sie in das Experiment hineingelockt hat. Wie viel Spaß die gemeinsamen Abende gebracht haben, obwohl sie selbst nur die unscheinbare Begleitung gemimt hat. Es überrascht mich nicht, als ich erfahre, dass es kaum einen Auftritt gab, an dem sie und die Kolumnistin das Essen oder die Drinks selber bezahlen mussten. Effektiv war das ganze Schauspiel also auch noch. Die Erinnerung an die Wette, die Sam veranstalten wollte, verhindert allerdings, dass ich den beiden Frauen einen Vorwurf mache. Meine Spezies – die Spezies Mann – setzt Geld in allen möglichen Situationen mehr oder weniger sinnvoll ein. Wen wundert es da, dass die andere Spezies daraus ihren Vorteil zieht?

»Der Typ in Anzug und Krawatte hat so viel Blödsinn von sich gegeben, dass ich froh war, mit dem eigenen Wagen da zu sein. Es gehörte zum Spiel, genauso an seinen Lippen zu kleben wie Cybille. Doch aus dem Augenwinkel habe ich dich die ganze Zeit beobachtet«, setzt Jules ihre Erklärung fort.

Bei ihrem letzten Satz kann ich nicht verhindern, dass sich meine Mundwinkel zu einem Grinsen verziehen. Ich Blödmann habe noch überlegt, was an dem Typen so anziehend ist, dass die beiden Frauen schmachtend an jedem seiner Worte hängen. Zumindest auf eine von ihnen traf das also gar nicht zu. Die heimlichen Blicke von Jules in meine Richtung sind mir allerdings entgangen. Mit einem Mal bin ich mir nicht mehr so sicher, wie ich mich verhalten hätte, wenn Jules mit einem selbstbewussten Auftreten aus dem Waschraum gekommen wäre, nachdem ich die Eingangstür bereits abgeschlossen hatte.

»Hat es dir nicht in den Fingern gejuckt, einmal die Rollen in diesem Experiment zu tauschen?«, erkundige ich mich.

»Beim ersten Versuch waren wir beide wie gewohnt gestylt und ausstaffiert. Das hat dazu geführt, dass die Männer uns zwar deutlich wahrgenommen haben, sich aber kaum jemand an unseren Tisch traute.« Mein erstaunter Ausdruck bringt Jules zum Lachen. »Zu viel Power für das starke Geschlecht«, fügt sie mit einem Augenzwinkern hinzu.

Als die Spitzen der unzähmbaren Strähnen bei diesen Worten an ihrem Kinn entlanghüpfen, kann ich nicht mehr an mich halten. Wie selbstverständlich schiebe ich die Haare hinter ihr Ohr, streife dabei mit dem Daumen die Wange von Jules. Ihre Augen weiten sich, sie öffnet den Mund ein wenig, mein Atem stockt. Das Blut rauscht in meinen Ohren, als ich mich langsam zu ihr hinüberlehne. Einen Augenblick halte ich inne, um das Blau ihrer Iris und die Erwartung, die sich darin abzeichnet, aufzusaugen. Es knistert, so als würden wir einen Stromschlag erleiden, wenn sich unsere Lippen berühren. Aber das ist nicht der Fall, ich spüre lediglich die Wärme, die von ihrem rötlich geschminkten Mund ausgeht, als ich diesen verschließe. Unsere Zungenspitzen tänzeln umeinander, heißen sich endlich wieder willkommen. Ein Stöhnen kriecht meine Kehle hinauf, das ich herauslasse, als der Kuss sein Ende findet. Ein vorläufiges Ende – so viel steht fest.

Mit einem Mal drängt sich jedoch eine Erinnerung in den Vordergrund. Eine Sequenz aus meiner Vergangenheit mit einer Frau, die mir Liebe vorgaukelte, weil sie einen Plan verfolgte. Sie war lediglich daran interessiert, dass ich aus meiner Wohnung ausziehe, damit das Gebäude saniert werden konnte. Schicke teure Eigentumswohnungen sollten der Firma ihres Vaters einen fetten Gewinn verschaffen. Wochenlang gab sie vor, mich zu lieben und nur mein Bestes zu wollen, bis die Scharade schließlich aufflog. Lügen sind mir seitdem ein Graus.

»Nicht«, unterbinde ich den Versuch von Jules, mein Gesicht zu berühren. Es hat etwas von Flucht, als ich hektisch aufspringe und mich wieder in Höhe des Weinregals hinstelle. Ich brauche einen klaren Kopf, um kein weiteres Mal von dem falschen Spiel einer Frau eingelullt zu werden.

Jules beobachtet meinen neuen Standort mit gerunzelter Stirn. Sie stützt sich erneut mit beiden Händen auf dem Deckel der Truhe ab, die Finger umfassen dieses Mal jedoch verkrampft den Rand des Holzes. Ganz sicher hat sie sich das Gespräch hier unten anders vorgestellt.

»Wie kann ich dich davon überzeugen, dass meine Gefühle für dich echt sind?«, fragt sie.

»Ich weiß gar nicht, wer du wirklich bist«, versuche ich meine Verunsicherung zu erklären. »Ist die schüchterne Fassade ein Teil von dir oder hat sich die aufreizende Frau, die den Männern die Köpfe verdreht, nur mal kurz dahinter versteckt? Wer bist du jetzt gerade?«

»Ich mag die Abwechslung, aber ich habe keine gespaltene Persönlichkeit, falls du das meinst. Zumindest hat noch niemand Schizophrenie bei mir diagnostiziert«, fügt sie mit diesem verschmitzten Lächeln hinzu, das ich so wahnsinnig anziehend finde. Ich schüttle leicht den Kopf, um mich von der Wirkung zu befreien – es gelingt nur bedingt. Währenddessen setzt Jules ihre Erläuterung fort. »Als schüchtern bin ich allerdings bisher auch nicht bezeichnet worden. Es war eine Rolle, Lance, für die ich mich ein weiteres Mal entschuldige. Bin ich denn nur als zurückhaltende Frau für dich interessant?«

»Nein«, gebe ich offen zu. Obwohl mich der Auftritt als Vamp überrascht hat, fühlte ich mich in dem Moment ebenfalls zu der Blondine hingezogen. Diese Tatsache abzustreiten, wäre eine Lüge.

»Darf ich, so wie ich jetzt bin, näherkommen?«, erkundigt Jules sich daraufhin. Ich nicke lediglich als Antwort.

›Was hat sie vor?‹ Mit Argusaugen beobachte ich, wie sie aufsteht und mit bedächtigen Schritten auf mich zukommt.

Eine halbe Armlänge vor mir bleibt sie stehen.

»Zieh den Haarstab heraus«, fordert sie mich auf. Als ich nicht sofort reagiere, dreht Jules sich um, sodass ich ihre Hochsteckfrisur direkt vor Augen habe. Erstaunt stelle ich fest, dass der dünne Holzstab tatsächlich das einzige Mittel ist, das die Haare am Hinterkopf zusammenhält. Nachdem ich ihn herausgezogen habe, fallen Jules die blonden Locken auf die Schultern. Während sie sich wieder zu mir umdreht, schüttelt sie ihre Mähne zurecht und fährt einmal mit den Händen hindurch. Die Haare umschmeicheln das makellose Gesicht, das gesamte Erscheinungsbild wirkt sogleich weniger zurückhaltend.

»Öffne die beiden obersten Knöpfe der Bluse«, kommt als nächste Anweisung. Für einen Sekundenbruchteil weiten sich meine Augen, aber ich kann der Versuchung nicht widerstehen. Nachdem ich die Knöpfe durch die schmalen Schlitze des Stoffs gesteckt habe, schiebe ich den Kragen ein wenig auseinander, sodass der Brustansatz zum Vorschein kommt. Der Anblick ist einladend. Zu gerne würde ich mit meiner Zunge über die Haut fahren – bis zu dem herzförmigen Muttermal, das noch vom Oberteil verdeckt wird. Mein kleiner Freund ist ganz verzückt von dieser Idee, es wird eng in der Hose.

»Du hast soeben die wahre Jules hervorgeholt«, flüstert die Blondine mir zu. »Die Jules, die dich jetzt küssen möchte.«

»Diese Jules gefällt mir«, antworte ich mit rauer Stimme. Die Zweifel an ihren Gefühlen rücken in den Hintergrund. Ich kann mich unmöglich so sehr in ihr getäuscht haben. Sie ist nicht wie Emily! Wäre sie so wie die Frau, die ich einst geliebt habe, hätte sie sich längst abgewandt und sich das nächste Opfer gesucht. Jules dagegen ist hier, nachdem sie tagelang um eine Aussprache gekämpft hat. Sie hat sich entschuldigt, meinen Koch von der Notwendigkeit eines Gesprächs unter vier Augen überzeugt, und mir nachvollziehbar alles erklärt. Ich hasse Lügen nach wie vor, aber ich bezweifle inzwischen, dass das Verhalten von Jules darauf basiert. Für sie war es ein Spaß, dessen Verlauf ihr leidtut.

›Sie ist nicht Emily!‹, versichere ich mir, bevor ich die Blondine zu mir heranziehe.

»Diese Jules gefällt mir, sehr sogar«, wiederhole ich meine Aussage. »Ich nehme deine Entschuldigung an … aber nur, wenn du mich jetzt endlich küsst.«

Worte fallen keine mehr, wir sprechen mit den Augen, mit den Händen und ein weiteres Mal mit unserem Zungenspiel. Meine Finger umschließen sanft den Kopf von Jules, als ich ihr nach dem leidenschaftlichen Kuss atemlos in die Augen sehe. Der Ärger über das falsche Spiel, die Enttäuschung über etwas Verlorengeglaubtes verabschieden sich aus meinen Gedanken. Es gibt sie doch. Die Frau, die mir hier im Keller schon einmal so nahe gekommen ist, existiert. In ihr steckt zudem ein anderer interessanter Teil, den ich erkunden möchte. Sie ist vielseitig, nicht nur was ihr Outfit angeht.

»Gibt es in deinem Leben weitere Geheimnisse, die ich wissen sollte?«,

Jules schüttelt lächelnd den Kopf, dabei zeichnet sie mit der Fingerspitze die Kontur meiner Oberlippe nach.

»Kein Ehemann, kein Exmann, kein anderweitiger Partner, keine Geschwister, die mein Leben durcheinander würfeln«, versichert sie. Bei der Erwähnung der nicht vorhandenen Geschwister breche ich in Lachen aus. Jules stimmt mit ein, nachdem ich ihr von der Begegnung mit Henry, dem Verkäufer in dem Spezialgeschäft für Türzubehör, erzählt habe. »Den würde ich gerne einmal sehen.«

»Dazu müssten wir unser Gefängnis verlassen. Glaubst du, dass du meinen Koch überreden kannst, die Tür aufzuschließen?«

Ein paar Minuten später schlendern wir händchenhaltend, begleitet von dem zufriedenen Blick Dylans aus dem Keller. Ich will den Gastraum ansteuern, werde jedoch von meinem Angestellten am Arm festgehalten.

»Den Rest schaffen wir alleine, ich bleibe bis zum Schluss. Die Tageseinnahmen wandern in den Safe, du kannst die Abrechnung morgen machen.« Als ich Dylan erstaunt ansehe, zuckt er mehrmals mit den Augenbrauen. »Los, los«, fordert er mich auf, als er mir unsere Jacken reicht und im Gegenzug die Schürze ergreift, der ich mich in Windeseile entledigt habe.

»Ich schulde dir was«, raune ich ihm noch zu. Im nächsten Moment ziehe ich Jules an ihm vorbei zur Hintertür. Der kühle Abendwind schlägt uns entgegen, fröstelnd bleiben wir stehen. Ich helfe Jules in ihre Jacke, bevor ich in meine eigene schlüpfe und die Blondine danach in die Arme nehme, um ihr wärmend über den Rücken zu streichen.

»Wohin möchtest du?«, frage ich, als mir klar wird, dass wir planlos aus der Lounge gestürmt sind.

»Wie weit ist es bis zu deiner Wohnung? Um zu mir zu fahren, müssen wir durch die halbe Stadt.«

»Mit der U-Bahn dreißig Minuten, aber ich kann uns ein Taxi rufen.« Ein Strahlen erhellt das Gesicht von Jules. Ich brauche nicht nachzufragen, sondern weiß auch so, dass die Erwähnung des Taxis Erinnerungen in ihr hervorgerufen hat. Mir geht es ähnlich, einen Teil davon würde ich zu gerne wiederholen.

# KAPITEL 15

»Fühl dich wie Zuhause«, biete ich an, nachdem wir in meiner Wohnung angekommen sind und ich Jules ins Wohnzimmer geführt habe. »Möchtest du ein Glas Wein?«

Als ich mit der geöffneten Flasche Pinot Grigio sowie zwei Gläsern zurückkehre, steht Jules vor der gepolsterten Fensterbank, auf der ich Donnerstagnacht meinen Absturz mit dem Single Malt durchgezogen habe. Wer hätte zu der Zeit gedacht, dass nur wenige Tage später an derselben Stelle der Grund dafür in Personalunion stehen würde?

»Ist dir Pinot Grigio recht?«, raune ich der Blondine zu, bevor ich meine Nase in ihrem Haar vergrabe.

»Egal«, flüstert sie seufzend zurück. »Deine Nähe und diese Aussicht auf die Stadt sind alles, was ich brauche.«

Mit den Fingerspitzen schiebe ich das blonde Haar zur Seite, um ungehinderten Zugang zu ihrem Hals zu bekommen, auf den ich meine Lippen drücke. Sie hat recht, der Wein kann vorerst auf dem Wohnzimmertisch stehen bleiben. Stattdessen koste ich den Geschmack ihres Ohrläppchens, in das ich sanft beiße. Jules stöhnt auf und lehnt sich gegen mich. Der perfekte Moment, um meine Hände an ihrem Körper ins Spiel zu bringen. Von den Oberschenkeln aufwärts führt der Weg über den Bauch und die Taille schließlich zu den Brüsten, die ich nur am Rande passiere. Trotzdem stechen die Brustwarzen wie kleine feste Knöpfe durch den Stoff der Bluse hervor. Jules ist bereit für mehr – da ist sie nicht die Einzige.

»Warte«, unterbricht die Blondine die Abwärtsbewegung

meiner Finger. Überrascht halte ich inne. Jules dreht sich zu mir um und schiebt mich langsam rückwärts zum Sofa. Bereitwillig lasse ich mich darauf fallen. »Diese Jules schuldet dir noch eine Revanche«, kündigt sie Verheißungsvolles an, während sie in die Knie geht.

Ihre Hände fahren zielsicher zum Bund meiner Hose. Mit flinken Fingern hat sie den Knopf geöffnet und den Reißverschluss heruntergezogen. Ich hebe den Hintern an, als sie anfängt, den Stoff von Hose und Boxershorts in einem Zuge in Richtung Knie zu ziehen. Keine Minute später trage ich nur noch mein T-Shirt, unter das Jules als Nächstes ihre Finger schiebt. Nachdem sie meine glattrasierte Brust erkundet hat, streichen ihre Hände wieder abwärts und legen sich an meine Hüftknochen.

Ich schlucke erwartungsvoll, als sie sich mit der Zunge über die Lippen fährt. Diese umschließen kurz darauf die Eichel meines Glieds, das sich bereits aufgerichtet hat. Langsam, sodass ich es in vollem Umfang genießen kann, schiebt sich ihr Mund ein Stück den Schaft entlang. Obwohl sie meinen Penis nicht gänzlich aufnimmt, steigt die Erregung mit jeder Sekunde an. Das liegt vor allem an der geschickten Zunge von Jules, die den empfindsamen Bereich meiner Eichel wieder und wieder touchiert. Stöhnend werfe ich den Kopf in den Nacken. Die Blondine lässt derweil meinen Schwanz in ihren Mund hinein und wieder hinaus gleiten. Ab und an reiben die Spitzen ihrer Zähne sanft über meine Haut, was mich immer höher treibt. Dazu das fantastische Zungenspiel – ich kann nicht verhindern, dass meine Hüften anfangen, sich zu bewegen.

»Ich bin kurz davor«, warne ich Jules stöhnend. Ihre Lippen verziehen sich für einen Moment zu einem Grinsen, ehe sie unbeeindruckt fortfährt, mich zu reizen. Als ihre

Finger den sanften Druck um meine Hoden erhöhen, die sie seit Beginn des Spiels stimulierend massiert, ergieße ich mich – direkt in den Rachen der Blondine.

Das Zimmer scheint zu schwanken und sich gleichzeitig zu drehen. Ein Gefühl, das dem nahekommt, was der Single Malt vor einigen Tagen bewirkt hat. Doch diese Empfindung heute ist besser, intensiver, grandioser. Es gibt gar nicht genügend Superlative, die meinen Zustand beschreiben können. Da Jules meinen Penis weiterhin in ihrem Mund hat, um ihn regelrecht abzuschlecken, schließe ich die Augen wieder. Der Moment will vollumfänglich genossen werden.

»Die schüchterne Jules hätte sich das nie getraut«, wispert die Blondine mir ins Ohr, als sie sich neben mich aufs Sofa kuschelt. Ich umschließe ihren Oberkörper mit einem Arm, um sie ganz dicht an mich heranzuziehen.

»Auch die zurückhaltende Jules hat ihre Vorzüge, das Gesamtpaket ist jedoch nicht zu übertreffen«, erwidere ich zufrieden. »Ich nehme dich so wie du bist.«

»Das macht mich glücklich«, murmelt Jules an meiner Brust.


Eine Stunde später – ich habe inzwischen meine Hose wieder übergestreift – weiß ich bis ins Detail, wie es Jules in den letzten Tagen ergangen ist. Sie hat sich mit Arbeit abgelenkt, aber zu jeder passenden oder unpassenden Gelegenheit bei der Lounge vorbeigeschaut.

»Es hat mich wie magisch dorthin gezogen, obwohl dein Restaurant weder auf dem Weg zwischen Arbeitsstelle und Wohnung, noch zwischen Kanzlei und Gericht liegt. Es hätte sicher nicht mehr lange gedauert, bis ich als Stalkerin durchgegangen wäre«, scherzt sie mit diesem einzigartigen

Blick, bei dem sie keck zu mir aufschaut.

Als ich ihr in die Augen sehe, kommen mir Momente aus den letzten Tagen in den Sinn, in denen ich ohne ersichtlichen Grund zum Fenster oder auf die Eingangstür geguckt habe. Hat mein Unterbewusstsein in den Augenblicken ausgeprägter agiert, als ich das jemals für möglich gehalten habe? Mit einem Kopfschütteln schiebe ich den irrealen Gedanken beiseite.

»Was ist?«, geht Jules auf diese Geste ein. Da ich nicht antworte, setzt sie sich auf und umschließt mein Gesicht mit ihren Händen. »Keine Geheimnisse«, erinnert sie mich an unser Abkommen.

Mit einem Lächeln gebe ich mich geschlagen. Bevor ich allerdings zugebe, dass ich ihre Anwesenheit das eine oder andere Mal gespürt habe, hole ich mir einen Kuss von den samtweichen Lippen der Blondine. Ein Strahlen überzieht die Miene von Jules, als sie mein Geständnis in sich aufsaugt. Ihre Antwort fällt warm, leidenschaftlich, ja regelrecht hungrig aus — meine Zungenspitze kann sich der neugierigen Erkundung ihrer kaum erwehren. Wieder einmal lösen wir uns erst voneinander, als uns die Atemlosigkeit dazu zwingt.

»Bleibst du über Nacht?«, frage ich hoffnungsvoll, nachdem unsere Atmung sich beruhigt hat. Der kleine Freund in meiner Hose erwartet die Reaktion von Jules ebenfalls. Mehr als spürbar macht er voller Ungeduld auf sich aufmerksam. Er wird nicht enttäuscht, ebenso wie ich. Entspannt lehne ich mich zurück und ziehe die Blondine in eine Umarmung. »Gut, ich weiß auch schon, wie ich dich dafür belohne«, verheiße ich mit einem Grinsen.

Selbstverständlich erfülle ich das Versprechen später im

Schlafzimmer. Meine Finger erkunden den Körper von Jules, kneten sanft ihre Brüste; zwirbeln die Nippel, bis diese sich lang und hart aufrichten; reiben die Perle zwischen ihren Schamlippen, die anschwillt; weiten die Vagina, die von Sekunde zu Sekunde feuchter wird. Als die Blondine beginnt, ihre Oberschenkel zu spreizen, rolle ich ein Kondom über meinen erigierten Penis und schlüpfe zwischen ihre Beine, um mit einer zielsicheren Bewegung in sie einzudringen.

Das Tempo unserer Atmung erhöht sich im Einklang meiner Stöße. Schweiß tritt auf die Haut, ein Stöhnen entfährt meiner Kehle. Von Jules vernehme ich kaum einen Laut – wieder einmal beißt sie sich auf den Fingerknöchel. Ich ziehe ihre Hand zurück, verschränke unsere Finger ineinander und schiebe die Hände neben ihren Kopf. So kann ich mich weiter auf den Unterarmen abstützen, um gleichzeitig ihren Mund mit einem Kuss zu verschließen. Als meine Lippen ihre freigeben, stöhnt sie laut auf.

»Lass es ungehemmt heraus«, flüstere ich nahe an ihrem Ohr. »Ich mag es geräuschvoll und intensiv.«

»Oh Gott«, schreit die Blondine prompt nach einigen weiteren tiefen Stößen die Lust in den Raum, während sich ihr Körper unter mir aufbäumt. Ein Zucken durchfährt sie, das mich ebenfalls zum Höhepunkt bringt. Ich rufe ihren Namen, ergieße mich in ihr und sinke mit meinem vollen Gewicht auf sie. Nach einer kurzen Verschnaufpause rolle ich mich zur Seite. Unser beider Atem geht immer noch stoßweise, aber ebenso wie bei mir ziert auch die Miene von Jules ein Lächeln. Zufrieden betrachte ich das wunderbare Wesen neben mir, das sich für einen Kuss zu mir herüberbeugt.

»Eine fantastische Belohnung, du hast nicht zu viel versprochen.« Als sie mir mit dem Finger über die Lippen streicht, erinnert mich das an etwas.

»Das Beißen auf den Knöchel gehörte nicht zu deinem Spiel der Schüchternen?«, frage ich, nachdem ich die Spitze ihres Daumens geküsst habe. »Woher kommt diese Angewohnheit?«

»In meiner letzten Beziehung musste es immer ruhig zugehen, damit die Nachbarn nichts von unserem Liebesleben mitbekommen«, beginnt Jules ein wenig zögernd die Erläuterung. Sie unterbindet meinen Kommentar mit einem Kuss, ehe sie weiterspricht. »Ich war so verliebt in ihn, dass ich diese eigenartige Ansicht nicht infrage gestellt habe. Es war einfacher, den Wunsch zu erfüllen und die Lustschreie mit dem Biss auf den Fingerknöchel zu unterbinden.«

»Du machst das nicht nur beim Sex«, erwidere ich schmunzelnd. Als ich Jules daran erinnere, wie sie im Keller reagiert hat, als Dylan hereinkam und uns entdeckte, nickt sie.

»Der erste Teil war spontan, aber es ist mir nach kurzer Zeit selbst aufgefallen. Nur ...« Sie beißt sich auf die Unterlippe, in ihren Augen taucht Unsicherheit auf. Mit gerunzelter Stirn betrachtet sie mich aufmerksam.

»Es hat zu deiner Rolle gepasst«, ergänze ich ihr Geständnis. Ein weiteres Nicken folgt, gepaart mit einem zerknirschten Gesichtsausdruck. Bevor sie sich erneut für etwas entschuldigt, das ich ihr bereits vergeben habe, lege ich eine Hand an ihren Hinterkopf, um sie für einen Kuss zu mir heranzuziehen. »Ab jetzt gibt es diesbezüglich keine Tabus mehr. Schrei deine Lust heraus, selbst wenn die Nachbarn es hören können. Sie werden uns beneiden.«

»Du wirst mich anlernen müssen«, geht Jules mit dem

speziellen kecken Blick auf meine Bemerkung ein. Als sie anfängt, mit den Wimpern zu klimpern, kommt das der Aufforderung zu einer Probelektion gleich.

Als ich am nächsten Morgen aufwache, strecke ich den Arm zur anderen Bettseite, kann dort aber niemanden ausmachen. Irritiert öffne ich die Augen und bin in Sekundenschnelle hellwach. Ich liege alleine im Bett, von der Blondine keine Spur. Habe ich die letzte Nacht nur geträumt?

»Jules«, rufe ich in die Stille der Wohnung, nachdem ich das Schlafzimmer verlassen habe – keine Antwort. Verdammt, ist sie erneut geflüchtet? Die gute Laune, mit der ich erwacht bin, hat sich längst auf Nimmerwiedersehen verabschiedet. Die Aktivitäten der Nacht stecken mir wie Blei in den Knochen. Die Sachen, die wir uns gegenseitig erzählt haben, sind in weite Ferne gerückt. War am Ende doch alles wieder nur Show? Ich will nicht glauben, dass ich mich das zweite Mal so in einer Frau getäuscht habe. Resigniert schlurfe ich ins Bad. Eine kalte Dusche passt zu der Abfuhr, die ich mir durch meine Leichtgläubigkeit eingefangen habe.

Was mich allerdings erwartet, als ich die Badezimmertür öffne, hätte ich mir in den kühnsten Träumen nicht ausgemalt. Diese Art, den feuerroten Lippenstift einzusetzen, gefällt mir. Auf dem Spiegel über dem Waschbecken prangt ein riesengroßes Herz, in dessen Mitte sich ein Lippenabdruck von Jules abzeichnet. Hinter dem Wasserhahn lehnt ein Zettel an den Fliesen, der fast wegweht, als ich das Bad hektisch durchquere und nach ihm greife.

*Die Arbeit ruft und ich wollte Dich nicht wecken.*
*Danke, dass Du mich angehört hast. Der Abend und die*
*Nacht waren wundervoll.*
*Ich melde mich später bei Dir.*
*G+K, Jules*

Erleichtert lasse ich mich auf den Toilettendeckel sinken. Sie ist nicht geflüchtet, Gott sei Dank. Stattdessen schickt sie mir Grüße und Küsse. Ich schließe die Augen, um mir vorzustellen, wie sie das Herz an den Spiegel gemalt hat. In meiner Träumerei stellt sie sich dafür auf die Zehenspitzen, um an den oberen Bereich zu gelangen. Ihr Bauch schmiegt sich an den Rand des Waschbeckens, die Brüste berühren die Dose mit dem Rasierschaum, die auf der Ablage steht. Danach überzieht Jules die Lippen in demselben Farbton, beugt sich ein weiteres Mal vor und drückt ihren Mund auf das kühle Glas. Wieder touchiert eine Brust dabei die Sprühdose, bringt sie zum Wanken, lässt sie jedoch nicht umfallen. Die Finger der Blondine umschließen den Behälter, damit er nicht scheppernd ins Waschbecken fällt, als sie den Oberkörper zurückzieht. Mit einem Lächeln auf den Lippen betrachtet sie abschließend ihr Werk, die blauen Augen strahlen zufrieden…

Mein kleiner Held regt sich in der Pyjamahose, ihm gefällt die Vorstellung ebenfalls. Gemeinsam beneiden wir den Rasierschaum um den Genuss, in den er gekommen ist. Unser Eigener ist schon Stunden her, eine viel zu lange Zeit.

›Hättest du mich doch nur geweckt, Babe!‹

Nach einer ausgiebigen Dusche – mit warmen Wasser – kehrt die Tagesroutine langsam zu mir zurück. Beim Einschäumen meiner Bartstoppeln pfeife ich vor mich hin, drücke der Dose am Ende sogar einen Kuss auf die Stelle, welche die Chance auf ein Kennenlernen mit Jules' Brüsten hatte. Der Espresso schmeckt heute besonders gut, in der Tageszeitung überblättere ich die ersten Seiten mit den unheilvollen Nachrichten. Das Handy liegt in Reichweite, damit es keine Verzögerung gibt, wenn sich die vielschichtige Frau mit den blauen Augen und den rot geschminkten Lippen bei mir meldet.

Charlene betrachtet mich argwöhnisch bei meinem Eintreten in die Lounge. Unbeeindruckt dessen ziehe ich sie in eine Umarmung, drücke ihr einen Kuss aufs Haar und frage nach ihrem Befinden.

»Mit deiner auffallend guten Laune kann ich nicht mithalten, obwohl sich die Sonderaktion mit der neuen Arabica-Mischung wie ein Lauffeuer herumgesprochen hat. Einige Stammkunden haben gefragt, ob wir die Sorte ins Programm aufnehmen. Das ist aber sicher nicht der Grund für deine Euphorie, oder? Was ist passiert?«

»Unsere Gäste wissen hochwertigen Kaffee inzwischen zu schätzen. Ich muss die Liefermöglichkeiten recherchieren und durchkalkulieren, ob sich die Aufnahme ins Sortiment rentiert«, freue ich mich über die gelungene Aktion. Dem Gesicht meiner Mitarbeiterin sehe ich allerdings an, dass sie noch auf etwas anderes wartet. »Ja, es gibt einen Grund dafür, dass meine schlechte Stimmung passé ist«, füge ich hinzu. »Ich habe jemanden kennengelernt. Es entwickelt sich vielversprechend, was mich glücklich macht.«

Die letzten beiden Sätze kommen so leise über meine Lippen, dass nur Charlene sie hören kann. Den Zusatz, dass sie es für sich behalten soll, spare ich mir. Diese Worte werden nur bei Sam, dem kleinen Tratschweib, nötig sein.

»Das sind gute Nachrichten, ich freue mich für dich«, kommentiert Charlene die Neuigkeit zu meiner Überraschung völlig gelassen. Offenbar haben sich ihre Gefühle für mich inzwischen in eine andere, rein freundschaftliche Richtung entwickelt. »Ich wünsche euch viel Glück, vor allem, damit deine Laune auf dem jetzigen Level bleibt«, scherzt sie augenzwinkernd.

Mein nächster Gang führt mich in die Küche. Dylan verziert einen Teller gekonnt mit Balsamico-Essig. Ich bleibe im Türrahmen stehen und beobachte, wie er zielsicher das Unendlichkeitssymbol auf den breit geraspelten Karottenstiften platziert. Bevor ich ihn kannte, war das Zeichen einfach eine lang gezogene, liegende Acht. Durch meinen Koch weiß ich es inzwischen besser.

»Bringst du mir das Kündigungsschreiben oder willst du dich für meinen gestrigen Einsatz bedanken, Boss?«, lässt er in Seelenruhe nebenbei verlauten, während er sein Werk vollendet.

Das Vibrieren des Handys in meiner Hosentasche lenkt mich von der Antwort ab. Endlich die angekündigte Nachricht von Jules, die ich verschlinge. Obwohl sie am Abend an einem Dinner der Kanzlei teilnehmen muss, will sie kurz in der Lounge vorbeischauen. Mein Herz schlägt ein paar Takte schneller. Der Text endet, wie auf dem Zettel von heute Morgen, mit Grüßen und Küssen. Die Tatsache wird von mir quittiert, indem sich meine Mundwinkel in voller Breite verziehen.

»Grüße sie von mir«, fordert mein Koch mich auf, als ich

anfange, eine Antwort zu tippen. Natürlich ahnt er, wem ich die Freude, die sich auf meinem Gesicht abzeichnet, zu verdanken habe. Ich nicke und richte die Botschaft aus. Der Gegengruß lässt nicht lange auf sich warten, den ich weitergebe, bevor ich Dylans Eingangsfrage beantworte.

»Dir kündigen? Wie käme ich dazu, den Menschen raus-zuschmeißen, der mir auf unvergleichliche Weise zu mei-nem Glück verhilft. Du hast mich das zweite Mal gerettet, Maestro. Danke, Mann!«

Dylans Mundwinkel stehen meinen in Nichts nach. Den-noch merke ich, dass auch Erleichterung in seiner Haltung mitschwingt, als ich ihm auf die Schulter klopfe. Wir neh-men uns einen Moment Zeit, in dem ich ihn kurz auf den neuesten Stand bringe. Dabei lasse ich die intimen Details zwar aus, mein Koch hat jedoch genügend Fantasie, um sich den Rest denken zu können.

»Wenn ich euch ein außergewöhnliches Dinner kreden-zen soll, brauchst du dich nur zu melden. Austern, Granat-apfel in einem Soßenbett aus Chili und Bananen, zum Abschluss Erdbeeren im Schokoladenmantel mit einem Hauch von Zimt.« Seine Augen fangen an zu strahlen, das Lächeln wird immer breiter, sodass ich mir vorstellen kann, wofür die Lebensmittel bekannt sind.

»In diesem Bereich kommen wir klar«, erwidere ich mit einem Augenzwinkern. Dylans Dienste als Koch für ein romantisches Essen bei Kerzenschein mit Jules in An-spruch zu nehmen, erscheint mir trotz allem als vorzügli-che Idee. Ich beschließe, sie im Hinterkopf zu behalten.

Später, die Abrechnung des Vortages habe ich inzwischen nachgeholt, tritt Sam seine Schicht an. Ich empfange ihn mit gespielt grimmiger Miene.

»Sag mir nicht, dass deine Laune schon wieder im Keller ist«, springt er darauf an. Wenn er wüsste, welche Bedeutung das Untergeschoss dieses Gebäudes mittlerweile für mich hat. Der Gedanke bringt mich zum Schmunzeln und mir kommt ein Einfall, dessen Umsetzung ich sofort anleiere.

»Meine Stimmung ist erstaunlich gut«, erwidere ich, während ich eine Nachricht auf dem Handy tippe. »Obwohl sich die Angestellten in ihrer Freizeit über mein Liebesleben austauschen.«

»Wir nehmen Anteil, weil uns etwas an dir liegt, Boss«, antwortet Sam schlagfertig wie eh und je. »Oder an einem angenehmen Arbeitsklima«, fügt er ehrlich hinzu, was mich zum Lachen bringt. Zumindest verstellt sich hier keiner, alle sagen dem Chef offen ihre Meinung.

»Ich möchte trotzdem nicht, dass noch mehr Mitarbeiter von der Veränderung in meinem Leben erfahren. Vor allem für die Aushilfen ist das kein Thema«, stelle ich klar. Zusätzlich klopfe ich ihm auf die Schulter und beende die Angelegenheit damit. Erstaunlicherweise zieht Sam lediglich eine Augenbraue hoch, verkneift sich jedoch weitere Kommentare. Ihm ist anzusehen, dass er zu gerne Details hören würde, aber er scheint mein Missfallen über seine Tratscherei verstanden zu haben. Ich grinse in mich hinein. Eine kleine Rache wird noch folgen…

# KAPITEL 16

Die Zeiger der Wanduhr, die über der Eingangstür hängt, bewegen sich nur langsam vorwärts. Die Lounge ist gut besucht, die Arbeit sollte mich ablenken, dennoch warte ich sehnsüchtig auf die Ankunft von Jules. Hoffentlich schafft sie es auch wirklich, vor dem Dinner der Kanzlei hier vorbeizuschauen.

Ich stelle soeben zwei Gläser mit Chablis für Tisch acht auf ein Tablett, als mein Blick wie von Geisterhand zur Tür wandert. Die Pforte öffnet sich und ich spüre Jules, bevor sie den Raum betritt. Selbst in ihrem Businessoutfit, das von flachen Schuhen, über einen Hosenanzug bis zu einer grauen Bluse reicht, sieht sie für mich zum Anbeißen aus. Die blonden Haare sind wie bei ihrem ersten Besuch zurückgesteckt, das Gesicht unauffällig geschminkt.

Mit einem Lächeln auf den Lippen kommt sie zu mir herüber. Die geräumige Handtasche lässt sie auf dem Stuhl neben dem bereits vertrauten Tisch stehen. Dann endlich steht sie vor mir, sodass ich sie in den Arm nehmen kann. Der Begrüßungskuss ist kurz, aber dennoch innig. Ihre Lippen schmecken nach mehr, wäre da nicht Sam, der sich dem Tresen nähert. Er mustert uns einen Moment, bevor er sich an seine guten Manieren erinnert und Jules die Hand reicht, um sich vorzustellen.

»Du musst Jules sein«, stellt er mit einem freundlichen Lächeln fest. Die Blondine ergreift die ausgestreckte Hand und erwidert seine Begrüßung mit derselben Liebenswürdigkeit. »Willst du kurz Pause machen? Momentan sind alle Gäste versorgt«, bietet er in meine Richtung an. Ich nicke und ziehe die Blondine mit mir.

Als wir uns an »unserem« Tisch gegenübersitzen kann ich den Blick kaum von ihr abwenden. Sie beugt sich zu mir herüber und flüstert mir ins Ohr, dass sie nur etwa eine halbe Stunde Zeit hat. Bedauern überzieht dabei ihre Miene, gleichzeitig funkelt der Schalk in den Augen. Sie freut sich auf das kleine Spiel, das sehe ich ihr deutlich an.

Meine Lippen zieht es zu ihrem Mund. Unsere Zungenspitzen sagen sich hallo, doch wir intensivieren den Kuss nicht. Die Aufmerksamkeit bleibt auf Sam gerichtet, der an den Nebentischen fragt, ob alles in Ordnung ist, und auf seine gewohnt charmante Weise mit einigen Gästen plaudert. Ein paar Minuten später verschlägt es ihn an den Tisch in der hintersten Ecke des Gastraumes. Darauf haben Jules und ich nur gewartet. Sie ergreift ihre Tasche, drückt mir noch einen Kuss auf die Lippen und verschwindet in Richtung der Waschräume. Ich nehme ihre Jacke, um sie an die Garderobe im Flur zum Keller zu hängen.

Als Sam mit der Bestellung für den Ecktisch zurückkommt, stehe ich bereits wieder hinter dem Tresen. Neugierig schaut er sich um.

»Wo ist die Kleine?«

»Sie hat heute Abend noch ein Arbeitsessen«, erwidere ich beiläufig. Sam zieht eine Augenbraue hoch und grinst mich an.

»Muss Liebe schön sein, wenn sie für eine Stippvisite hierher kommt, damit ihr ein paar Küsschen austauschen könnt.« Seinem Ausdruck kann ich entnehmen, dass er sich trotz der Floskeln für mich freut, obwohl Jules nicht der Art von Frau entspricht, für die er sich interessiert. Aber vielleicht irrt er sich da auch.

Mit ein wenig mehr Ruhe als gewöhnlich bereite ich die Getränke für den Ecktisch vor. Sam kümmert sich derweil um andere Gäste, füllt die Snacks auf und räumt an Tisch vier die leeren Gläser ab, nachdem die Besucher gegangen sind. Gut gelaunt kehrt er zum Tresen zurück, woraufhin ich ihm das prall gefüllte Tablett reiche. Cocktails für die Damen, Biere für die männlichen Begleiter, dazu Wodka für alle. Die fröhliche Runde wird morgen Kopfschmerzmittel benötigen.

Kaum fängt Sam an, die Getränke bei den Gästen zu verteilen, huscht jemand von den Waschräumen in Richtung Eingangstür. Ich muss mir ein Grinsen verkneifen. Die Tür öffnet sich auf mein Zeichen wieder, Jules kommt selbstbewusst herein und setzt sich vor den Augen von Sam an einen der Tische in der Mitte des Raumes. Als sie ihre blonde Mähne zurückwirft, bleibt ihm der Mund offenstehen. Volltreffer! Mit einem charmanten Lächeln auf den Lippen nimmt er ihre Bestellung auf. Sein Blick sagt alles, als er sich zu mir gesellt.

»Wow, was für ein Prachtexemplar von einer Frau. Der kurze Rock betont ihre schlanken Beine und die Bluse sitzt einfach perfekt«, schwärmt er mir vor. »Ich glaube, die ist alleine hier. Meine Frage, ob sie noch auf jemanden wartet, hat sie verneint.«

»Was hat sie bestellt?«, erkundige ich mich ohne weitere Regung. Erkannt hat er meine Freundin in ihrer Aufmachung offenbar nicht. Das läuft ja besser als geplant. Zudem gefällt mir der Gedanke, dass ich die Frau mit den unterschiedlichen Seiten als Freundin bezeichnen kann.

Die gemurmelte Antwort, dass sie für den Anfang einen Orangensaft möchte, nehme ich ebenso zur Kenntnis, wie die Tatsache, dass Sam den Blick weiterhin auf Jules gerichtet hat. Er ist mal wieder kurz vorm Sabbern, weshalb ich in mich hineingrinse.

Ein paar Minuten später verlangt die Gesellschaft am Ecktisch nach einer weiteren Runde Wodka. Sehr gutes Timing! Ich zwinkere Jules zu, als Sam die Getränke zu den bestens gelaunten Gästen bringt. Nachdem er lächelnd an meiner Freundin vorbeigegangen ist, die er immer noch nicht erkannt hat, steht sie auf und kommt zu mir. Wir versinken in einen aufreizenden Kuss, der bei Sams Rückkehr noch andauert. Jules hat ihr rechtes Bein um meinen Oberschenkel geschwungen, drückt sich eng an mich und gibt mit ihrer Zunge alles. Ein Räuspern meines Angestellten lässt uns gespielt auseinanderfahren. Die Blondine leckt sich lasziv über die Lippen, zwinkert mir zu und geht danach hüftschwingend zu ihrem Platz zurück. Sie hat diesen fast erreicht, als Sam mich am Arm packt. Seine Augen funkeln.

»Was ist in dich gefahren?«, fährt er mich gereizt an. »Deine Freundin hat die Lounge kaum verlassen, da knutschst du mit einer anderen herum. Ich habe mehr von dir gehalten und gedacht, du wärst einer Frau treu.« Ich muss mir ein Lachen verkneifen, bin aber nebenbei auch erstaunt über die Heftigkeit seines Ausbruchs.

»Du schleppst doch selber jede Frau ab, die bei drei nicht auf den Bäumen ist?«, kontere ich seelenruhig.

»Niemals, wenn ich eine Beziehung führe. Ja, ich habe gerne Spaß, trotzdem bin ich einer Partnerin treu. Was man von dir leider nicht behaupten kann.«

Über Sams Schulter hinweg beobachte ich, dass Jules ihre blonde Mähne zurückstreicht, um sie mit einem Haargummi zusammenzubinden. Danach knöpft sie ihre Bluse bis auf den letzten Knopf zu. Mit einem Taschentuch wird der Rest des roten Lippenstifts abgewischt – viel ist es nach unserem Kuss nicht mehr. Zum Abschluss holt sie den blassrosa Farbton hervor und schminkt den Mund damit neu.

Währenddessen echauffiert sich Sam weiter über meine Untreue. Seine Hand umfasst noch immer meinen Arm, den Zeigefinger der anderen hält er mir vors Gesicht.

»Auch ein graues Mäuschen, wie du es dir aktuell ausgesucht hast, verdient eine ordentliche Behandlung«, setzt er seinen Vortrag fort. Ich entdecke eine Seite an ihm, die mir in den drei Jahren unserer Zusammenarbeit bisher nicht aufgefallen ist. Er mag kein Kostverächter in Sachen Frauen sein, aber nur, wenn er Single ist. Die Einstellung gefällt mir, da sie sich mit meiner deckt. Dabei wollte ich ihm nur zeigen, dass in Jules mehr steckt, als er auf den ersten Blick gesehen hat.


»Gibt es ein Problem?«, mischt diese sich leise in den Konflikt ein, nachdem sie sich zu uns gesellt hat. Sam fährt herum, stockt, will etwas sagen und verharrt mit offenem Mund. Irritiert blickt er zwischen Jules und mir hin und her. Die Erkenntnis sickert tröpfchenweise zu ihm durch, Ungläubigkeit zeichnet sich auf seiner Miene ab.

»Was? … Wie? … Wer?«, keucht er nach ein paar Sekunden perplex. Ich pruste angesichts seines verwirrten Gesichtsausdrucks los, die Mundwinkel von Jules zucken ebenfalls verdächtig, aber sie kann ihr Pokerface ansonsten aufrechterhalten. Die disziplinierte Anwältin lässt grüßen.

»Sam, darf ich dir erneut Jules vorstellen?«, löse ich die Situation auf, nachdem mein Lachen abgeebbt ist. »Zumindest die Seite meiner Freundin, die du bisher nicht für möglich gehalten hast.« Beim Wort Freundin schnellt der Kopf der Blondine in meine Richtung. Ihre Augen strahlen, die Lippen ziert ein Lächeln – das Pokerface ist zusammengefallen.

»Du Mistkerl«, reagiert Sam grinsend, »das alles war nur Show. Weil du glaubst, dass ich nur auf gut aussehende, sexy gekleidete Frauen stehe.«

»Ist es denn anders?«, fragt Jules augenzwinkernd. Wieder bleibt Sam der Mund offenstehen. Er mustert die Blondine von oben bis unten und lacht dann laut auf.

»Schuldig im Sinne der Anklage«, gibt er zu.

Ich klopfe ihm für die Erkenntnis auf die Schulter und ziehe Jules zu mir heran, um ihr einen Kuss zu geben. Sie schmiegt sich an mich, diesmal allerdings ohne aufreizendes Beinspiel. Wir genießen den Moment dennoch.

»Das hat Spaß gemacht. Du hast mir also wirklich verziehen?«, raunt sie mir dicht an meinem Ohr zu. Ich vergrabe die Nase in ihrem Haar und atme den Duft tief ein. Prompt steigen die Erinnerungen von letzter Nacht in mir auf. Natürlich habe ich ihr verziehen, es sind nur unterschiedliche Klamotten, die Frau darin ist immer dieselbe. Ihre Augen leuchten, als ich es bestätige. Ich vergesse bei dem Anblick vollkommen, dass wir uns im gut gefüllten Gastraum befinden. Langsam nähern sich meine Lippen denen von Jules.

»Die Lektion ist angekommen, ich lasse euch alleine«, flüstert Sam uns zu, ehe er in Richtung Küche verschwindet.

»Keine Tratscherei«, rufe ich ihm nach, woraufhin er sich

noch einmal umdreht. Mit einem breiten Grinsen winkt er ab.

»Wo denkst du hin«, empört er sich gespielt. »Ich spreche lediglich mit Dylan ab, wie wir dir den einen oder anderen frühen Feierabend verschaffen können. Die Lady scheint es wert zu sein.«

Einige Tage später zeigt sich, dass Dylan, Sam und ich es gemeinsam geschafft haben, meine Arbeitszeiten zumindest an zwei Abenden in der Woche zu verkürzen. Einmal übernimmt Sam die Abrechnung, ein anderes Mal bleibt Dylan bis zum Schluss und erledigt den Kassenlauf. Die Ausgleichsstunden dafür ließen sich ebenfalls schnell finden, sodass beide keine Überstunden machen müssen. Dazu ein paar weitere Stunden für eine Aushilfe, mehr braucht es nicht, damit ich zusätzliche Zeit für Jules habe, die wir außerhalb der Lounge verbringen können. Die Nächte sind wir kaum noch getrennt, die Zeit gehört uns – entweder in meiner Wohnung, immer öfter aber auch in ihrer.

Einer dieser freien Abende, an denen ich spätestens um 20 Uhr das Lokal verlasse, ist heute. Wir haben uns auf Kino geeinigt und ich weiß bereits, mit welchem Film ich Jules überraschen werde. Vorfreude zeichnet sich auf meinem Gesicht ab, als sie mir im Flur der Kanzlei entgegenkommt. Den Mantel trägt sie über dem Arm, ihre Schritte sind energiegeladen. Kaum zu glauben, dass sie am Nachmittag eine anstrengende Gerichtsverhandlung hatte, von der sie mir vor einer Stunde am Telefon erzählt hat. Ich nehme sie in den Arm, doch der Kuss fällt nur kurz aus. Erst außerhalb des Gebäudes holen wir ihn wesentlich leidenschaftlicher und lang anhaltend nach. Ein wenig außer Atem fragt Jules mich, in welche Vorstellung wir gehen. Ich lächle geheimnisvoll.

»Das verrät dir der Vorspann. Ich habe die Karten vorbestellt und werde versuchen, dass du keinen Moment vorher erfährst, um welchen Film es sich handelt.«

»Wunderbar, ich liebe so etwas«, erwidert sie mit einem Lächeln, das meine Hose augenblicklich eng werden lässt. »Erzähl mir nur eines: Ist es eine Liebesgeschichte?« Mein Nicken quittiert sie mit einem Händeklatschen, danach hakt sie sich bei mir unter.

Eine Stunde später habe ich es tatsächlich geschafft, Jules in den Kinosaal zu bekommen, ohne dass sie die Ankündigung gesehen hat. Zu meinem Erstaunen lässt sie sich vollkommen auf das Spiel ein. Sie hat nicht einmal versucht, einen Blick auf die Plakate zu erhaschen. Es ist einer der Momente, in denen ich weiß, dass sie genau die Richtige für mich ist.

Der Vorspann beginnt, die ersten Schauspieler werden angezeigt: Barbara Stanwyck, Henry Fonda, Charles Coburn, Eugene Pallette und andere. Im Augenwinkel sehe ich den erstaunten Ausdruck von Jules. Doch ich muss mich weiter auf die Leinwand konzentrieren, da ich noch eine Ablenkungsmission habe. Wenn der Titel eingeblendet wird, soll meine Begleiterin nicht hinsehen. Kurz bevor es soweit ist, verwickle ich Jules in einen Kuss. Sie schließt die Augen, öffnet die Lippen und schickt ihre Zungenspitze los.

»Du spielst also auch gerne mit Geheimnissen«, scherzt sie, als wir die Zärtlichkeit unterbrechen. Für einen Moment frage ich mich, ob ihr bereits klar ist, um welches

Meisterwerk von Regisseur Preston Sturges es sich handelt, aber ich lasse mir nichts anmerken.

Die Screwball-Komödie zieht Jules in ihren Bann. Obwohl ich das Stück voller satirischer Anspielungen liebe, achte ich eher auf meine Begleiterin. Die Blondine lacht über den Kampf der Geschlechter, der von Henry Fonda und Barbara Stanwyck pointiert gespielt wird. Sie amüsiert sich über die Tollpatschigkeit des männlichen Protagonisten Charles Pike sowie über die verspottende Darstellung der weiblichen Hauptperson Jean Harrington bei ihren emanzipatorischen Aktivitäten. Die Augen von Jules weiten sich, als sie erkennt, dass Jean eine Falschspielerin ist, die den naiven Charles ausnehmen will. Ich genieße es derweil, die Hand meiner Freundin zu halten und mit dem Daumen über die Haut zu streichen.

»Du Schuft«, flüstert Jules mir während des Abspanns zu. »Zum Glück ist am Ende alles gut ausgegangen, so wie bei uns«, fügt sie lächelnd hinzu, bevor sie mich küsst. Bei der Leidenschaft, die sie an den Tag legt, wird klar, dass sie mir die Wahl des Films nicht übel nimmt.

»Ich weiß gar nicht, was du meinst«, erwidere ich betont naiv mit einem Augenaufschlag. »Ich habe dir lediglich einen meiner Lieblingsfilme präsentiert.«

»Der zufälligerweise von einer Frau handelt, die einen jungen Mann hinters Licht führen will, sich jedoch dabei in ihn verliebt.«

Grinsend beuge ich mich zu ihr hinüber. »Es ist meine besondere Art, dir zu zeigen, wie gern ich dich habe. Den Zusammenstoß mit der Truhe hätte Henry Fonda auch nicht besser hinbekommen.«

»Er hat die Rolle des Charles wunderbar gespielt, aber du

hast recht, dein Rendezvous mit dem Truhendeckel ist einmalig. Ich halte mich daher an das Original, vor allem, wenn es in der Nacht die Arme um mich legt.«

»Nichts lieber als das«, murmele ich dicht an Jules' Lippen.

Auf dem Weg vom Kino in ihre Wohnung unterhalten wir uns über den Streifen. Ich freue mich darüber, dass Jules ihn nicht kannte, nun aber ein Fan davon ist.

»Den nächsten Film suche ich aus«, erklärt sie an der Wohnungstür. »Es wird nicht einfach werden, etwas vergleichbar Gutes zu finden, was mich jedoch geradezu herausfordert.«

»Ich bin davon überzeugt, dass es dir gelingen wird«, versichere ich, während ich sie in die Wohnung schiebe. Mit einer Hand umfasse ich ihre Handgelenke, um die Arme über den Kopf zu heben. Nachdem ich der Tür einen Schubs mit dem Fuß gegeben habe, wandert meine freie Hand unter die Bluse der Blondine. Der Weg führt direkt zu Jules' Brüsten, die ich aus dem Stoff des BHs befreie. Mein Daumen streift dabei die Brustwarzen, mit dem Nagel reize ich sie. Die Wirkung bleibt nicht aus. Das Aufstöhnen dicht an meinem Ohr dringt bis zu dem kleinen Helden in der Hose vor. »Jetzt wäre ich allerdings dafür, dass wir unser eigenes Drehbuch umsetzen.«

»Ganz ohne falsches Spiel?«, wirft Jules mit einem Blick durch ihre langen Wimpern ein.

»Dass du keine Falschspielerin wie Jean Harrington bist, haben wir ja schon geklärt«, raune ich an ihrem Hals, den ich gleich darauf mit Küssen übersähe. Dabei lockere ich den Griff um die Handgelenke. Sogleich senken sich die Arme der Blondine, ihre Hände legen sich auf meine Hüften, die Finger versuchen unter das Shirt zu kommen. »Heute darfst du die Verführerin herausholen, ich überlasse dir gerne die Führung.«

»Einverstanden«, stimmt Jules zu. Sie ergreift meine Hand, leckt sich über die Lippen und zieht mich direkt ins Schlafzimmer.

Die Kleidung wird in Windeseile im Raum verteilt. Auf dem Nachtschrank liegen Kondome, wie immer ist meine Partnerin bestens vorbereitet. Wir schlüpfen unter die Decke und fangen an, mit sanften Streicheleinheiten den Körper des anderen zu erregen. Die Finger der Blondine streichen über meinen Bauch und steuern ein bestimmtes Ziel an. Bevor ich weiß, wie mir geschieht, findet ihre Hand zielsicher meinen Penis. Fast augenblicklich umfasst sie etwas Handfestes, das stetig wächst.

›Holla, der kleine Held reagiert, als hätte man ihn in Viagra gebadet.‹

Zärtlich, aber doch mit dem nötigen Druck, stimuliert Jules den Schaft meines Schwanzes. Ihre Finger fahren dafür im steten Rhythmus auf und ab. Als sie innehält und mit dem Daumen meine Eichel umrundet, ziehe ich lautstark Luft durch die Zähne. Ein Stöhnen entfährt mir tief aus der Kehle, das Jules mit einem Kuss auffängt. Dabei verlagert sie ihr Gewicht, sodass ich mich von der Seite auf den Rücken rolle. Während wir uns weiterhin küssen, setzt sie sich rittlings auf mich. Die Bettdecke rutscht hinab, als sie den Oberkörper aufrichtet. Das Becken meiner Freundin schiebt sich hin und her, um mich weiter anzuregen. Im Gegenzug massiere ich ihre Brüste. Das Ratschen vom Aufreißen der Folienverpackung verschmilzt mit dem Stöhnen meiner Gespielin, als ich ihre Brustwarzen zwirble. Jules wirft den Kopf in den Nacken und streckt mir ihren Busen entgegen. Ein Umstand, der es mir noch leichter macht, mich ihren harten Nippeln zu widmen. Erst als sie ein Stück zurückrutscht, um das Gummi über meinen Penis zu rollen, lasse ich für einen Moment von ihrem Körper ab. Aber kaum hat sie meinen aufgestellten Helden in ihrer warmen Höhle aufgenommen, setze ich mich auf, sodass unsere Lippen sich vereinen können.

Der Ritt von Jules ist perfekt. In fließenden Bewegungen schiebt sie ihr Becken vor und zurück. Ich lege meine Hände an ihre Hüften, um sie dabei zu unterstützen. Der Rhythmus wird schneller, die Erlösung kommt in greifbare Nähe. Die Blondine findet sie zuerst, das Zucken ihres Oberkörpers bringt auch mich kurz danach ans Ziel. Schwer atmend lasse ich mich nach hinten sinken und ziehe meine traumhafte Partnerin mit mir.

Es dauert ein paar Minuten, bis unsere Atmung nicht mehr stoßweise geht. Jules hebt den Kopf, um mich anzusehen. Ihre Haare kitzeln an meinem Hals, doch es ist vor allem der Blick aus den blauen Augen, der meine Aufmerksamkeit auf sich zieht.

»Was ist los?«, frage ich. Mit den Fingern streiche ich der Blondine die Locken zurück. Ihre Augenlider flattern einen Moment, die Zunge fährt über die Oberlippe, die Augen bleiben auf meine gerichtet.

»Ich liebe dich«, flüstert sie, was mir prompt den Atem raubt.

# KAPITEL 17

Zwei Tage und Nächte sind vergangen, seitdem Jules und ich im Kino »Die Falschspielerin« geschaut haben. Ein perfekter Abend, der mit einer überwältigenden, vor allem aber befriedigenden Einleitung der Nacht endete. Die Liebesbezeugung von Jules hat sich in meinem Kopf festgesetzt, erwidern konnte ich sie bisher nicht – zumindest nicht verbal. Ich spüre, dass Jules auf die drei Worte wartet, mein Mund ist jedoch wie ausgetrocknet, wenn ich es versuche. Aus diesem Grunde bin ich dazu übergegangen, ihr auf allen anderen erdenklichen Wegen zu zeigen, wie viel sie mir bedeutet.

»Wo ist dein Problem?«, fragt Dylan überrascht, als ich ihm davon erzähle. »Liebst du sie oder ist es nur eine Bettgeschichte?«

»Es geht mir nicht ums Vögeln, auch wenn wir dabei hervorragend harmonieren«, brumme ich empört. »Ich habe Gefühle für sie, aber ich bin vorsichtig mit meinen Liebesschwüren geworden. Die letzte Frau, der ich meine Liebe gestanden habe, hat mich schamlos ausgenutzt.«

Mein Koch schaut mich kopfschüttelnd an und verdreht die Augen. Es folgt eine Belehrung darüber, dass Jules nicht mit Emily zu vergleichen ist.

»Die Blondine hat um die Aussprache gekämpft, außerdem sieht man ihr die Gefühle für dich an. Hör auf, immer nur das Schlechteste zu erwarten, nur weil Emily ein falsches Spiel mit dir gespielt hat.«

»Jules hat das auch getan«, versuche ich meine Zweifel zu

verteidigen. In dem Moment, in dem ich die Worte ausgesprochen habe, weiß ich bereits, dass es nicht dieselbe Situation war. Zudem habe ich ihr verziehen – ja, das habe ich wirklich. Aber kann ich deshalb schon von Liebe sprechen? Nachdenklich wende ich mich ab, um die Küche zu verlassen.

»Ich hoffe, du besinnst dich, bevor es zu spät ist«, ruft Dylan mir nach.

Den Gedanken, dass meine fehlende Liebesbeteuerung zu Problemen führen könnte, schiebe ich beiseite. Wenn der richtige Augenblick gekommen ist, werde ich die Worte auch über die Lippen bringen!

Am nächsten Tag verbringe ich die Mittagspause mit Jules. Dazu hole ich sie früh bei der Kanzlei ab, damit wir etwas Zeit miteinander haben, bevor meine Arbeit in der Lounge beginnt.

»Wollen wir uns eine Portion gefüllte Weinblätter als Vorspeise teilen?«, schlägt die Blondine nach einem Blick in die Karte vor. Ein Lächeln breitet sich auf meinem Gesicht aus, weil ich einen ganz ähnlichen Gedanken hatte.

»Eine sehr gute Idee, ich liebe Dolmades«, bestätige ich.

Jules legt den Kopf schief und sieht mich an. Zwischen ihren Augenbrauen hat sich ein kleines V gebildet. Im ersten Moment überlege ich, worüber sie nachdenken könnte, dann fällt es mir wie Schuppen von den Augen.

›Fuck, sie will es hören.‹ In meinem Hinterkopf dröhnen die drei Worte, ich spüre den Herzschlag als eine Art Beklemmung in der Brust. Die Luft ist wie abgeschnürt, sodass ich keinen Ton herausbekomme. Um mich davon zu befreien, wende ich den Blick ab und studiere weiter die Karte. ›Feigling!‹

Aus Richtung der Blondine kommt ein leiser Seufzer, danach konzentriert auch sie sich wieder auf das Mittagsangebot.

Nachdem wir bestellt haben – inklusive der gemeinsamen Vorspeise – greife ich über den Tisch und umschließe die linke Hand von Jules. Mein Daumen streicht über ihren Handrücken. Die Berührung ihrer Haut lässt mich in einem normalen Rhythmus atmen, die vorübergehende Anspannung fällt von mir ab.

Das Lächeln kehrt in das Gesicht meiner Freundin zurück, ich erwidere es beruhigt. Die beklemmende Situation ist vorüber, es herrscht wieder Harmonie zwischen uns. Bis das Essen gebracht wird, unterhalten wir uns über die beruflichen Geschehnisse der letzten Tage, als hätte es den kleinen peinlichen Moment nicht gegeben.

»Morgen habe ich eine Essensverabredung in der Nähe der Lounge. Ich könnte danach auf einen Kaffee vorbeischauen«, erklärt Jules.

»Das klingt sehr verlockend«, erwidere ich mit einem Strahlen. Selbst wenn sie nur ein paar Minuten Zeit hat, ist das besser als jedes Telefonat.

Mit vollem Magen und gedanklich noch bei dem Treffen mit der Blondine trete ich ein wenig verspätet meine Schicht in der Lounge an. Charlene lächelt mich an, gleichzeitig wandert ihr Blick für einen kurzen Moment zu der Uhr über der Eingangstür.

›Ja, ich bin eine Viertelstunde später als gewöhnlich, aber dafür gibt es den besten Grund der Welt.‹ Der leidenschaftliche Kuss in der Gasse neben dem Hochhaus, in dem die Kanzlei untergebracht ist, wollte kein Ende nehmen. Jules und ich waren hungrig nach dieser Art des Genusses, sodass wir die Zeit vollkommen vergessen haben. Es war ein Vorgeschmack auf die heutige Nacht. Die Vorstellung von der Blondine, die sich lustvoll in ihrem Bett rekelt, während ich ihre Klitoris mit der Zunge stimuliere, gefällt vor allem meinem kleinen Freund. Er ist mal wieder ungeduldig und drückt erwartungsvoll gegen den Reißverschluss der Hose. Die Kellnerschürze mit der Geldbörse verdeckt sein Begehren zwar, aber ich sollte die Träumerei von meiner Partnerin dennoch ein wenig einschränken.

Den Rest des Mittagsgeschäfts sowie den nachmittäglichen Cafébetrieb schaffe ich zusammen mit Charlene spielend. Nach all den Jahren passen die Abläufe perfekt, so wie es abends auch mit Sam zumeist der Fall ist. An diesem Tag haben wir sogar Zeit, uns zwischen dem Bedienen der Gäste oder dem Abräumen der Tische über ein paar private Dinge zu unterhalten. Dabei deutet Charlene an, dass sie jemanden kennengelernt hat, der ihr Herz höherschlagen lässt. Wie immer ist sie unsicher, ob ihr Interesse erwidert wird. Ich versuche Aufbauarbeit zu leisten, indem ich ihre Vorzüge hervorhebe und sie ermutige. Da sie selbst danach noch skeptisch schaut, ziehe ich sie für einen Augenblick dicht zu mir heran.

»Hör auf mit den Zweifeln und lass es ruhig auf dich zukommen«, rate ich ihr. Charlenes Auflachen an meiner Schulter veranlasst mich, den Kontakt zu lösen. Fragend sehe ich sie an.

»Du bist in solchen Dingen der ungeduldigste Mensch, den ich kenne«, beginnt sie ihre Erklärung. »Es ist Ironie pur, so einen Ratschlag von dir zu bekommen.« Grinsend gebe ich ihr recht. An den Tagen, in denen ich auf die

Rückkehr oder eine Nachricht von Jules gewartet habe, war Ruhelosigkeit mein ständiger Begleiter. Auch in einigen geschäftlichen Angelegenheiten fällt mir das Abwarten manchmal schwer, wenn ich auf Antworten von Lieferanten warte.

»Nur weil ich es nicht beherrsche, heißt es ja nicht, dass es kein guter Rat ist«, erwidere ich mit einem Augenzwinkern. Meine Hand wandert auf die Schulter von Charlene. Sanft übe ich mit den Fingern ein wenig Druck aus, um sie auch auf diese Art zu ermutigen. »Du bist in so vielen Dingen ein Ruhepol, was ich schon immer bewundert habe. Nutze das als Stärke.« Sie neigt kurz den Kopf und streicht mit der Wange über meinen Handrücken.

»Danke.« Nur dieses gehauchte Wort, dazu ein Lächeln, das wir teilen. Mehr braucht es in dem Moment nicht. Man sieht Charlene an, dass ihr die wenigen privaten Sätze gutgetan haben. Ich drücke die Daumen, dass sie ihr Glück findet.


Die Abendschicht zusammen mit Sam verläuft hektischer. Die Lounge ist bis auf den letzten Platz gefüllt, es wird gelacht und die Musik mit den unterschiedlichsten Gesprächen übertönt. Eine größere Gruppe hat in der Ecke zwei Tische zusammengeschoben. Ein Tablet macht dort die Runde, auf dem sich irgendetwas befindet, das für lautstarke Lacher sorgt. Zudem klirren die Gläser immer wieder aneinander, wenn sich gegenseitig zugeprostet wird. Einige Gäste an den anderen Tischen werfen bereits unfreundliche oder fragende Blicke in die Richtung, sodass ich überlege, ob ich einschreiten sollte. Die Lage wird ruhiger, als Sam und ich die bestellten Gerichte servieren. Erleichtert atme ich auf. Nach dem Essen ist die Stimmung zwar weiterhin ausgelassen, aber nicht mehr so überschwänglich, dass sich die restlichen Besucher dadurch gestört fühlen.

Eine Stunde vor der offiziellen Schließung des Lokals kommt Dylan aus der Küche zu uns. Es ist einer der Abende, an dem viele Gäste zu ihren Getränken Snacks in Form von Baguettes oder Salaten bestellt haben. Da die Gerichte frisch zubereitet werden, sah man den Koch nur Zutaten klein schneiden, zusammenstellen und garnieren. Zum Durchatmen blieb auch ihm kaum Zeit.

»Sind alle versorgt?«, fragt er an Sam gewandt. Der schaut einmal in die Runde, ehe er nickt. Ich teile seinen Eindruck.

»Du kannst Feierabend machen«, bestätige ich. Keine fünf Minuten später sind die letzten Utensilien in der Küche aufgeräumt und Dylan durch die Hintertür verschwunden.

Gegessen wird nicht mehr, dafür fließen die Getränke fröhlich die Kehlen der Gäste hinunter. Vor allem drei Typen in Markenkleidung kippen einen Buffalo Trace nach dem anderen in sich hinein. Ein weiteres Mal denke ich darüber nach, Kopfschmerztabletten als Zusatzoption auf die Karte zu setzen. Die Idee bringt Sam zum Lachen. Mit einem Stirnrunzeln betrachtet er die Bourbon trinkende Meute.

»Was die Drei ertränken wollen, wissen sie mit Sicherheit inzwischen nicht mehr. Ich frage mal nach, ob wir ihnen ein Taxi rufen sollen.« Ein Vorschlag, den ich befürworte, der jedoch ein Chaos in Gang setzt, das keiner von uns erwartet hat.

Die Rechnung nehmen die Kerle noch ohne Kommentare hin und begleichen sie. Vom Alkohol berauscht fällt das Zusammenstellen des Geldes nicht leicht, aber sie schaffen es. Das Dilemma beginnt, als Sam ihnen nahelegt, mit dem Taxi nach Hause zu fahren. Alle Drei stehen schwankend auf, holen ihre Autoschlüssel aus den Taschen, um damit vor dem Gesicht meines Angestellten hin und her zu wedeln.

Sam will danach greifen, was mit einem Faustschlag quittiert wird. Der Angreifer verliert dabei das Gleichgewicht, dreht sich taumelnd um und stößt an den Tisch der großen Gästeschar. Gläser fallen um, Getränke verteilen sich über die Holzplatte – lautstarke Proteste sind die Folge. Bevor ich Sam erreicht habe, um ihn zu unterstützen, stehen sich bereits verschiedene Kampfhähne gegenüber. Eine Schlägerei beginnt, in deren Verlauf ich mir eine Platzwunde an der Augenbraue einhandele, als ich schlichten will. Sam wirkt leicht benommen. Er hat Schwierigkeiten, sich auf den Beinen zu halten, sodass er mir keine große Hilfe ist.

Mit der Unterstützung von ein paar vernünftigen Gästen schaffen wir es nach einer gefühlten Ewigkeit, die einzelnen Streithähne zu trennen. Ich verschaffe mir soeben einen Überblick über die Schäden am Mobiliar sowie dem Gesundheitszustand der Besucher, da betreten zwei Polizisten den Raum. Eine Frau spricht die Beamten an und verweist auf mich. Dankbar nicke ich ihr zu.

Nachdem ich die Männer über alles informiert habe, nehmen sie die Personalien derjenigen auf, die noch anwesend sind. Zum Glück sind die drei Kerle, die den Ausbruch verschuldet haben, darunter. Die Prozedur zieht sich hin, da der Alkoholpegel die Sache nicht erleichtert.

Sam stößt mich irgendwann an und macht darauf aufmerksam, dass der Reinigungstrupp inzwischen eingetroffen ist. Ich schicke die Leute zunächst in die Waschräume und die hinteren Bereiche, da ich die Schäden im Gastraum erst dokumentieren will, bevor aufgeräumt wird.

Die Lounge leert sich immer mehr, am Ende stehe ich mit Sam und den Polizisten alleine im Raum. Selbst die betrunkenen Auslöser des Geschehens haben wir in ein Taxi verfrachten können.

»Sie sollten die Wunde über Ihrem Auge nähen lassen«, rät mir einer der Beamten. Sam, dem es inzwischen wieder gut geht, stimmt ihm zu. Er bietet an, mich ins Krankenhaus zu begleiten, doch ich lehne ab.

»Es ist wichtiger, dass ich Fotos von dem Chaos mache.«

Da alles Offizielle geklärt und aufgenommen ist, verlassen die Gesetzeshüter den Laden. Mein Blick fällt auf die Uhr, was mich zusammenzucken lässt. Wie viel Zeit wir durch den Zwischenfall verloren haben, wird mir jetzt erst klar. Jules wartet seit mehr als einer Stunde in ihrer Wohnung auf mich. So spät war ich noch nie dran, daher beschließe ich, sie zunächst zu informieren. Auf meinem Handy befindet sich bereits eine Nachricht von ihr, die ich sogleich beantworte. Die Verletzung an der Augenbraue verschweige ich ihr dabei. Außerdem schlage ich schweren Herzens vor, dass ich nicht mehr zu ihr komme. So gerne ich bei und vor allem mit ihr schlafen möchte, um das Durcheinander zu vergessen, will ich nicht, dass sie länger auf mich wartet. Der Rest der Nacht ist inzwischen kurz genug, da soll sie wenigstens noch ein paar Stunden Ruhe bekommen.

Die Bilder vom Chaos in der Lounge sind zum Glück

schnell gemacht. Zusammen mit dem Reinigungstrupp beseitigen Sam und ich das Schlimmste. Die lädierten Möbel tragen wir in einen der hinteren Räume, die zerbrochenen Gläser werden in einem Eimer gesammelt und dazugestellt. Die restliche Ausstattung wird von den Putzhilfen gesäubert, sodass der Frühstücksbetrieb am nächsten Morgen nicht behindert wird. Vorsichtshalber sende ich Charlene eine kurze Nachricht, in der ich sie stichpunktartig informiere.

Die Wunde über dem Auge wird danach im Krankenhaus mit zwei Stichen genäht. Es ist fast 4 Uhr, als Sam mich bei meiner Wohnung absetzt. Müdigkeit verdrängt das Gedankenkarussell, in dem ich mich seit dem Vorfall befinde. Selbst in der Notaufnahme, beim Nähen der Platzwunde, bin ich die Szene immer wieder durchgegangen, die sich vor dem ersten Faustschlag ereignet hat. Die Frage, ob es zu verhindern war, oder ob ich falsch und vor allem zu spät reagiert habe, lässt mich nicht los.

Zuhause ebbt die Aufregung langsam ab, die Lider werden schwerer, es lechzt mich nach Ruhe. Einzig die Tatsache, Jules in den Arm zu nehmen, erscheint verführerischer als zu schlafen. Doch sie ist am anderen Ende der Stadt und träumt hoffentlich von mir. Ich versuche, dasselbe auch mit ihr zu tun.

Nach ein paar unruhigen Stunden wache ich vor dem Klingeln des Weckers auf. Es ist erst kurz vor 8 Uhr, aber ich stehe dennoch auf. Die Dusche weckt ein wenig meine Lebensgeister, der Espresso gibt ebenfalls sein Bestes in diese Richtung. Zumindest reicht es aus, um gegen 9 Uhr bei der Versicherung anzurufen. Eine Frau, deren Namen ich mir nicht merke, sagt zu, dass ein Mitarbeiter mich heute Morgen empfangen wird, um den Vorfall aufzunehmen und den Sachverhalt zu besprechen. Obwohl ich froh bin, dass sich kurzfristig jemand um die Schadensregulierung kümmern wird, verfluche ich den zu erwartenden Schreibkram jetzt schon.

Von meinem Frühstück bekomme ich nur ein paar Bissen herunter. Zu den üblichen sportlichen Aktivitäten kann ich mich nicht aufraffen und auch das Erledigen von Bestellungen schiebe ich auf den nächsten Tag. Stattdessen versuche ich, Jules zu erreichen, um ihre Nachricht vom frühen Morgen zu beantworten. Vergebens – sie steckt in einem Meeting, das laut Auskunft der Assistentin bis zu einem Mittagstermin andauert. Seufzend sende ich ihr zumindest eine Message, damit sie weiß, dass es mir gut geht und ich sie letzte Nacht vermisst habe.

Charlene meldet sich wenig später, um sich zu erkundigen, was genau gestern Abend passiert ist. Sie hat die lädierten Möbel und Glasscherben entdeckt, was zu einem Höchststand auf ihrer Sorgenskala geführt hat. Ich versichere ihr, dass es nicht so schlimm ist, wie es im ersten Moment den Anschein hat. Da sie mich wegen Details löchert, sage ich schließlich zu, gleich nach dem Termin bei der Versicherung in die Lounge zu kommen, um ihr alles persönlich zu erzählen.

Der nervige Besuch in der Versicherungsagentur verhindert, dass ich früher als gewöhnlich im Restaurant erscheine. Dylan telefoniert in der Küche und bemerkt mich gar nicht. Das verschafft mir die Möglichkeit, in Ruhe meine Jacke auszuziehen, die Schürze umzubinden und einmal tief durchzuatmen, ehe ich den Gastraum betrete. Von Charlene ernte ich beim Eintreten einen bösen Blick. Demonstrativ schaut sie auf ihre Uhr, schüttelt dabei missmutig den Kopf. Ihr Ausdruck ändert sich jedoch, als sie die schmalen Tapes über meiner Augenbraue entdeckt. Mit einem Stirnrunzeln kommt sie auf mich zu.

»Ist das gestern passiert? Warum hast du mir davon nichts am Telefon gesagt?« Besorgt blickt sie auf den geschwollenen Bereich über meinem linken Auge. Ihre Hand zittert ein wenig, als sie diese anhebt, um mit den Fingern vorsichtig über meine Stirn zu streichen. Die Wunde lässt sie dabei aus. Tränen steigen ihr in die Augen, was mich dazu veranlasst, sie in den Arm zu nehmen.

»Hey, es ist nur eine kleine Platzwunde, nichts weiter«, versuche ich sie zu trösten. »Das verheilt schnell wieder.«

Die Worte haben nicht den gewünschten Effekt. Im Gegenteil, Charlenes Umarmung wird fester. Ich spüre das Schaudern, das ihren Körper erfasst und fahre beruhigend mit meiner Hand über ihren Rücken. Nach ein paar Sekunden schafft sie es, sich von mir zu lösen. Wir schauen uns in die Augen, ihre sind immer noch voller Tränen. Ich wische mit dem Daumen eine weg, die über die rechte Wange rollt.

»Ist wirklich alles in Ordnung?«, will sie wissen. Mit einem Nicken bestätige ich es. Dennoch schmiegt sie sich erneut an mich und ich lasse es geschehen.

Plötzlich schreckt Charlene jedoch zurück. Sie sieht an mir vorbei Richtung Tür, ihre Stirn legt sich dabei in Falten. Ich drehe mich ganz automatisch um und erstarre. Jules steht mit weit aufgerissenen Augen im Türrahmen. Unsere Blicke treffen sich, im nächsten Moment stürmt sie hinaus auf die Straße.

»Jules, warte!«, rufe ich ihr nach, doch die Eingangstür fällt hinter ihr ins Schloss. »Shit«, fluche ich lautstark.

Eine Schrecksekunde brauche ich noch, dann laufe ich los. Auf dem Gehweg sind eine Menge Leute unterwegs, aber ich entdecke den blonden Schopf meiner Freundin einen halben Block entfernt. Ich renne weiter, um sie einzuholen, und schaffe es, bevor sie ein Taxi erreicht, das am Straßenrand auf neue Fahrgäste wartet.

»Lauf nicht weg«, bitte ich, als ich sie am Arm festhalte. »Ich kann dir alles erklären.«

In den Augen von Jules blitzt es auf, gleichzeitig sehe ich die Tränen, die sich in ihnen sammeln. Wütend versucht die Blondine, sie wegzublinzeln.

»Was gibt es da zu erklären? Du kommst ins Lokal und umarmst als Erstes eine Angestellte, der du danach innig entgegenblickst. Eure Haltung war mehr als deutlich, Lance.« Sie schüttelt meine Hand von ihrem Arm, bleibt aber vor mir stehen. »Du gehst zu ihr, anstatt zu mir, um dich wegen gestern auszutauschen. Ist das deine Rache, weil ich die Schüchterne gespielt habe? Hast du mir immer noch nicht verziehen?«

Völlig baff wegen des Vorwurfs und der Unsicherheit, die in ihren Fragen mitschwingt, schaue ich Jules an. Glaubt sie wirklich, dass sie mir so wenig bedeutet?

»Charlene war sehr aufgewühlt und besorgt, daher habe ich sie getröstet. Das Ganze war vollkommen harmlos, hat nichts zu bedeuten. Ich liebe dich, nicht sie. Es war nur ein Missverständnis, glaub mir.«

»Sag das noch mal«, flüstert Jules mir zu. Ungläubigkeit zeichnet sich auf ihrer Miene ab. Mein Magen verkrampft sich, weil ich die Fehldeutung der Umarmung nicht zwischen uns kommen lassen will.

»Es hat nichts zu bedeuten«, wiederhole ich meine Worte.

»Nicht das – den anderen Satz. Sag ihn noch mal.«

Auf meiner Stirn bildet sich eine Furche, während ich die letzte Aussage gedanklich durchgehe. Welchen meiner Sätze meint sie? Einen Sekundenbruchteil später verstehe ich es. Ein Lächeln breitet sich bei mir aus. Schwungvoll umschließe ich Jules und kippe sie zur Seite, sodass ihr Oberkörper in meinem Arm liegt.

»Ich liebe Sie, Jules Lambert, von ganzem Herzen und nur Sie«, bestätige ich das, was meine Freundin schon seit Tagen von mir hätte hören sollen.

»Wirklich?«

»Ja, ich liebe dich!« Erst einmal ausgesprochen, kommen mir die Worte plötzlich vollkommen leicht über die Lippen. Viel besser ist jedoch das Gefühl, welches damit verbunden ist. Die Unsicherheit ist verflogen, ich vertraue der Frau, die immer noch in meinem Arm liegt. Sie wird mich nicht enttäuschen. Ich spüre deutlich die Verbindung zwischen uns, die durch das Missverständnis sogar verstärkt wurde.

»Küss mich«, fordert Jules mit einem Augenaufschlag und einem Lächeln, das seinesgleichen sucht. Ein Wunsch, den ich ihr nur zu gerne erfülle.

Doch bevor ich meine Lippen auf ihren Mund lege, raune ich ihr ein weiteres Mal die entscheidenden Worte zu.

»Ich liebe dich – für immer!«

# KAPITEL 18 – JULES

Die Strahlen der Morgensonne fallen durch den schmalen Spalt der Vorhänge. Blinzelnd betrachte ich, wie das Licht den Weg ins Schlafzimmer findet. Einige Spitzen meiner blonden Locken kitzeln an der Nase. Vorsichtig ziehe ich eine Hand unter der Bettdecke hervor, um die Strähne zur Seite zu schieben. Dabei beobachte ich den gleichmäßigen Atem des Mannes, der mit mir das Bett teilt und den ich durch die Bewegung nicht wecken möchte. Er schläft noch, ein zufriedener Ausdruck ziert seine Miene, die mich zu einem Lächeln animiert. Mein Blick fällt auf die kleine Narbe über seiner linken Augenbraue. Das Überbleibsel einer Schlägerei in der Lounge, in die er hineingezogen wurde. Ein Vorfall, der ihm dank meiner Hilfe Schmerzensgeld und Schadensersatz verschafft hat, und mir die drei Worte, die mir so wichtig sind. Ein Liebesbekenntnis, das wir uns inzwischen täglich gegenseitig versichern.

Es hat wie immer eine beruhigende Wirkung auf mich, ihm beim Schlafen zuzusehen. So oft ich es kann, gönne ich mir ein paar Minuten dieses Genusses. Das Glück unserer Beziehung hält jetzt schon lange an, aber heute ist ein besonderer Tag. Genau ein Jahr ist es her, dass wir uns begegnet sind. Mit einem Grinsen auf den Lippen denke ich an den Tag zurück, der unser Leben verändert hat…

Frisch geduscht stehe ich vor dem Kleiderschrank. Hose oder Rock, Bluse oder Shirt, welche Accessoires? Auf jeden Fall die flachen Schuhe, so viel steht fest. Am Ende entscheide ich mich für eine graue Leinenhose und ein beiges hochgeschlossenes Oberteil. Einen Moment ziehe ich in Erwägung, den langweiligen Look mit einem feuerroten Seidentuch aufzupeppen, das könnte jedoch vom Erscheinungsbild meiner Begleiterin ablenken. Cybille wird das nicht wollen, schließlich will sie die ganze Aufmerksamkeit für sich verbuchen. Als Letztes nehme ich schwarze Unterwäsche aus der Kommode und lege sie ebenfalls aufs Bett.

Nachdem ich mich eingecremt habe, gönne ich mir den Hauch eines blumigen, aber nicht aufdringlichen Parfüms. Beim Make-up halte ich mich ebenfalls zurück. Ein schmaler Lidstrich, dazu ein beigefarbener Lidschatten, ein Tupfer Rouge und für die Lippen den blassrosa Ton. Komplett angezogen sowie geschminkt drehe ich mich vor dem Spiegel – langweilig und unauffällig, genauso soll es sein.

Mein Wagen zickt mal wieder rum, will nicht gleich anspringen. Es wird Zeit, dass ich ihn in die Werkstatt bringe. Die Fahrt zu Cybille nutze ich dazu, einen schüchternen Gesichtsausdruck zu üben. Niemandem lange in die Augen schauen, den Blick schnell senken, kein neugieriges Herumschauen oder Flirten – ich werde mich konzentrieren müssen. Zumindest besteht nicht die Gefahr, dass ich die Haare schwungvoll über die Schultern werfe oder mir mit den Händen hindurchfahre. Um das zu verhindern und den zurückhaltenden Look zu unterstreichen, habe ich sie streng zurückgebunden.

Beim Einsteigen ins Auto lässt meine Freundin einen Pfiff los. Grinsend mustert sie mich von oben bis unten, ehe sie mir einen Kuss auf beide Wangen haucht.

»Wow, diesmal hast du dich selbst übertroffen. Welche Rolle wirst du heute spielen? Die graue Maus?« Ich nicke und erwidere ihr Lachen.

»Unscheinbar, schüchtern, vielleicht auch ein wenig ängstlich. Vermutlich wird mich niemand bemerken, sodass du dich präsentieren kannst. Was dir im Übrigen in deinem Outfit nicht schwerfallen sollte. Ist die Bluse neu?«

Cybille bestätigt es und erzählt während der Fahrt zu dem Lokal, das sie für den heutigen Abend ausgesucht hat, wie weit sie inzwischen mit ihrer Artikelreihe ist. Sie ist zuversichtlich, dass die Idee bei den Lesern ankommen wird.

»Das habe ich nur dir zu verdanken«, beendet sie ihre Erzählung. »Du bist die perfekte Begleiterin. Egal, ob du die Hässliche mit der Hornbrille mimst, als intellektuell rüberkommst oder auf schüchtern machst – deine Rolle ist immer durchdacht. Das muss die Anwältin in dir sein, die alles bis ins kleinste Detail vorbereitet.«

Auf dem Parkplatz hinter der »Vine & Coffee Lounge« stelle ich das Auto ab. Cybille schlägt vor, dass ich vorgehe, um einen Tisch zu besetzen.

»Nimm auch dieses Mal einen in der Mitte des Raumes. Eine schüchterne Frau würde das zwar nicht unbedingt tun, aber wir ignorieren den Umstand einfach. Ich bin gespannt, wie mein Auftritt ankommt.« Bei den Worten knöpft sie einen weiteren Knopf ihrer Bluse auf, begutachtet das Ergebnis im Spiegel, um ihn danach wieder zu schließen. »Das hebe ich mir für später auf.«

Lachend verlasse ich den Wagen. Zum Glück sind es ein paar Schritte bis zum Eingang des Lokals. Die brauche ich auch, um mich zu sammeln und in meine Rolle zu schlüpfen. Noch ein tiefes Durchatmen, das letzte Mal das Shirt glatt streichen, den Blick senken – ich bin bereit.

Die Lounge ist gut besucht, das erkenne ich, obwohl ich kaum den Kopf hebe. Mehr aus den Augenwinkeln als direkt sehe ich mich um. Mitten im Raum ist tatsächlich ein Tisch frei, den ich ansteuere. Der Start läuft ganz nach Plan.

Der Schultergurt meiner Handtasche wandert über die Rückenlehne, ich selber husche auf die Sitzfläche. Erst jetzt lasse ich den Blick kurz schweifen. Die Gästeschar ist unterschiedlich, trotzdem scheinen alle einen gewissen gehobenen Standard zu haben. Ich kann keine Männer in Holzfällerhemden oder billigen T-Shirts erkennen. Cybille hat den Ort der Recherche wieder hervorragend ausgewählt.

»Guten Abend, willkommen in der Lounge«, vernehme ich eine Stimme neben mir. Ich hebe den Kopf nur ein wenig, schaue betont unsicher zu dem Mann auf, der zu meinem Platz gekommen ist. Er lächelt freundlich, reicht mir dabei die Karte. Nachdem ich das Teil entgegengenommen habe, zündet er die Kerze auf dem Tisch an, die in einem geschmackvoll dekorierten Glas bereitsteht. »Darf ich Ihnen schon etwas bringen?«

»Ich warte noch«, piepse ich ihm leise entgegen. Zur Untermalung knete ich meine Finger und richte die Augen darauf. ›Jetzt nur nicht lachen‹, lege ich mir auf, da ich das Zucken der Mundwinkel kaum unterdrücken kann. Puh, das wird nicht einfach werden – da habe ich mir ja einiges vorgenommen. Im Notfall werde ich auf die Fingerknöchelmaßnahme zurückgreifen müssen. Während meiner Beziehung mit Hector war sie ein probates Mittel, um Laute oder ungewollte Regungen zu unterbinden.

Der gekonnte Auftritt von Cybille lenkt mich von dem

Gedanken an meinen Ex ab. Dieses Kapitel liegt lange hinter mir und heute geht es darum, ein wenig Spaß zu haben. Am Nebentisch ist der erste Typ auf meine Freundin aufmerksam geworden. Er lässt einen anerkennenden Pfiff durch die Zähne los. Die roten Haare von Cybille glänzen im Schein der Deckenleuchte, der gestreifte Rock sitzt eng, aber dennoch perfekt. Da sie die Blicke einiger Männer bemerkt, schickt sie ihre Zungenspitze langsam über die Oberlippe – was für eine Show – und kommt dann zu mir herüber. Erstaunlich viele männliche Köpfe drehen sich synchron zu ihren Schritten mit, um keine Sekunde des Schauspiels zu verpassen. Ich muss mir auf die Lippe beißen, um nicht loszukichern.

Wir wiederholen die Begrüßung mit den Küsschen auf jede Wange, ignorieren zunächst alles um uns herum und stecken stattdessen die Köpfe zusammen.

»Wie war ich?«, will Cybille wissen.

»Hervorragend, die halbe Gästeschar hat dich bemerkt. Ich schätze, dass du die freie Wahl hast. Weißt du schon, aus welcher Richtung dein heutiger Begleiter für die Nacht kommen soll?«

»Was mir noch in der Sammlung fehlt, ist ein Kerl, der sich für DAS Geschenk an die Frauenwelt hält«, wispert meine Freundin mir zu. »So ein Neureicher, der viel Wert auf sein Äußeres legt.«

Ich schaue mich unauffällig um und nicke. »Davon sehe ich mindestens drei Exemplare. Das wird ein Kinderspiel für dich.«

Dass jemand mein Interesse auf sich zieht, kommt ein wenig unerwartet. Ein gut aussehender Kellner bringt unser Essen an den Tisch. Er ist schwarzhaarig, mit einem markanten Kinn, der Körper trainiert, aber nicht mit den übertrieben definierten Muskelpartien. Dazu ein freundliches Lächeln, das kleine Grübchen neben den Mundwinkeln hervorruft. Es kostet mich Mühe, ihn nicht anzustarren.

Cybille dagegen lässt sich die Chance nicht entgehen, ihn anzuflirten. Sie sucht Augenkontakt, setzt erneut das Zungen-Lippen-Spiel ein und bedankt sich mit einem verführerischen Blick. Als sie die Augen zusammenkneift, um das Namensschild zu entziffern, ist mein Fingerknöchel fällig. Ich drehe den Kopf kurz zur Seite und beiße darauf, um nicht laut loszulachen. Jetzt bringt sie auch noch die Szene mit der Kurzsichtigkeit!

Einen Augenblick später habe ich meine Regungen wieder unter Kontrolle. Ich schaue auf das Schild am Poloshirt der Bedienung und flüstere ihr den Namen zu. Lance heißt er also – der Kerl hat was. Er quittiert die Unterstützung mit einem Lächeln in meine Richtung. Erstaunlich, dass er mich bemerkt – aber das liegt vermutlich daran, weil er darin geschult ist, jeden Gast zu beachten. Bevor ich weitere Aufmerksamkeit von Cybille abziehe, senke ich den Blick auf meine Finger.

›Sie soll das Objekt deiner Begierde sein, nicht ich.‹


»Dem Typen gehört der Laden«, erklärt meine Freundin mir während des Essens. »Es sei denn, es gibt hier noch einen Lance. Der Name ist mir von meiner Recherche über das Lokal in Erinnerung geblieben.«

»Du holst sogar Informationen über die Restaurants und ihre Inhaber ein?«, frage ich erstaunt. Dieser Aspekt von Cybilles Arbeit für die Artikelreihe ist mir neu.

»Natürlich, oder glaubst du, dass sich jede x-beliebige

Lokalität für unsere Auftritte eignet? Das richtige Publikum ist wichtig, daher muss man im Vorfeld wissen, was einen erwartet.«

Der Abend verläuft ganz nach dem Geschmack meiner Kolumnistenfreundin. Es ist offensichtlich, dass sie sich das richtige Ambiente für diesen Teil der Recherchearbeit ausgesucht hat. Kerle, die mit ihrem Erfolg protzen – sei es durch hochwertige Markenkleidung oder indem sie ihn mehrfach erwähnen – gibt es mehrere. Sie kommen an unseren Tisch und auch ganz unverblümt zur Sache. Cybille findet zuhauf Interesse, am Ende lädt sie einen Typen in einem teuren Anzug sowie einer verdammt schlechten Fälschung einer Rolex ein, sich zu setzen.

Ein Blick zwischen meiner Freundin und mir reicht aus, um die Richtung festzulegen. Gespielt gebannt kleben wir an jedem seiner Worte. Adrian, der uns mit einem strahlenden Lächeln vorschlägt, ihn einfach Ad zu nennen, macht Cybille fortwährend Komplimente zu ihrem Aussehen. Als er andeutet, dass sie ihn auf seinen Geschäftsreisen begleiten könnte, höre ich auf, seine Prahlerei zu verfolgen. Stattdessen beobachte ich aus dem Augenwinkel den sympathischen Kellner, der die meiste Zeit hinter dem Tresen arbeitet. Schade, dass er nicht weiter an unserem Tisch bedient. In Gedanken gehe ich verschiedene Möglichkeiten durch, ihn auf mich aufmerksam zu machen, ohne dafür meine Rolle aufgeben zu müssen. Diese bringt mir inzwischen richtig Spaß, weshalb ich gerne ausprobieren würde, wie weit ich damit komme.

Eine passende Idee kommt wie ein Geistesblitz, als Lance an den Tisch tritt. Außer unserem ist nur noch ein weiterer besetzt. Die Leute dort sind allerdings kurz davor aufzubrechen. Adrian begleicht derweil großzügig unsere gesamte Rechnung. Ich flüstere Cybille zu, was ich plane. Sie wünscht mir augenzwinkernd viel Glück und wendet sich wieder Ad zu. Die Gelegenheit für mich, zu den Toiletten zu gehen. Niemandem fällt auf, dass ich mich entferne – als graue Maus kann man ganz einfach verschwinden.

Im Waschraum teste ich aus, ob ich mein Outfit wenigstens ein bisschen aufpeppen kann. Dumm, dass ich mich für ein Shirt anstelle einer Bluse entschieden habe. Da hilft auch kein Zupfen am Ausschnitt – er gibt den Einblick nicht frei. Seufzend starte ich einen Versuch mit den Haaren. Als sie mir offen über die Schultern fallen, wirkt mein Auftreten nur noch halb so zurückhaltend wie vorher. Im ersten Moment bin ich damit zufrieden, trotzdem stelle ich die alte, streng zurückgekämmte Variante wieder her.

›Du hast dich für die Schüchterne entschieden, nun zieh es auch durch‹, begründe ich die Maßnahme. ›Wenn er unwirsch reagiert, dann komm einfach in ein paar Tagen als Jules, die selbstbewusste Anwältin, erneut in die Lounge.‹

Mit diesem Entschluss im Hinterkopf verlasse ich die sanitären Anlagen. Bevor ich den Hauptraum des Ladens betrete, verschaffe ich mir einen Überblick. Prima, alle Gäste sind gegangen, nur noch die beiden Bedienungen sind anwesend. Sie haben mit den Aufräumarbeiten begonnen und bemerken nicht, wie ich zur Tür gehe. Hoffentlich ist sie bereits abgeschlossen, ansonsten muss ich mir einen anderen Grund ausdenken, um Lance anzusprechen.

Das Glück ist mir hold, die Tür abgesperrt. Ich grinse

kurz, sammle mich jedoch gleich wieder. So unauffällig wie möglich nähere ich mich dem Restaurantbesitzer.

»Entschuldigung?«, mache ich mit leiser Stimme auf mich aufmerksam. Lance zuckt zusammen, schaut danach in meine Richtung. »Verzeihung, ich wollte Sie nicht erschrecken.« Gespannt warte ich auf seine Reaktion, knete dabei meine Finger, um den schüchternen Ausdruck zu perfektionieren.

Völlig überrascht fragt Lance mich, wo ich herkomme. Ich erkläre, dass ich auf der Toilette war und der Ausgang nun abgeschlossen ist. Zu meiner Erleichterung antwortet er mit einem Lächeln, das ich erwidere. Nach einem Moment, in dem wir uns in die Augen schauen, begleitet er mich zur Tür. Wir teilen einen weiteren Blick, in dem irgendetwas mitschwingt.

»Kommen Sie gut nach Hause«, wünscht er mir mit einer angedeuteten Verbeugung, die mich erneut zum Lächeln bringt. Er hat Charme, was mir immer besser gefällt. Ich werde auf jeden Fall in den nächsten Tagen noch einmal vorbeischauen.

Doch für heute belasse ich es bei einem gehauchten »danke« und gehe. Kurz bevor ich den Weg erreiche, der zum Parkplatz führt, drehe ich mich um. Ich möchte wissen, ob er mir nachschaut. Tatsächlich, unsere Blicke treffen sich, zudem wird mein Winken erwidert. Oberflächlich ist er nicht, so viel steht fest – der Rest wird sich zeigen.

Pfeifend steige ich in meinen Wagen. Der Abend hat mir ausgesprochen gut gefallen. Cybille und ihre ausgefallenen Ideen bringen Abwechslung in mein Leben, das sich ansonsten nur noch um den Job als Anwältin dreht. Eine Arbeit, für die ich dringend ein paar Stunden Schlaf brauche, bevor ich sie wieder ausübe. Also ab nach Hause.

Mein Auto sieht das allerdings anders – es verweigert seinen Dienst. Ich rede dem Audi gut zu, flehe ihn an – vergebens. Mistding!

Seufzend ziehe ich das Handy hervor, um ein Taxi zu rufen. Doch als ich die Nummer wähle, kommt mir ein anderer Gedanke. Wie Lance wohl auf die graue Maus reagiert, wenn sie hilflos vor der Tür des Lokals steht und um Hilfe bittet? Ich werde es bald wissen.

Bei der Eingangstür der Lounge angekommen mache ich durch Klopfen auf mich aufmerksam. Der Inhaber glaubt zunächst, dass ich ein später Gast bin. Als ich jedoch mitteile, dass ich Hilfe brauche, öffnet er mir die Tür ein weiteres Mal. Mit flatternden Lidern erzähle ich von meinem Wagen, der nicht anspringen will, und bitte darum, ein Taxi zu rufen. Zu meiner Freude geht Lance darauf ein.

Ich mime weiter die Schüchterne, indem ich ihn kaum ansehe. Der Trick funktioniert. Als ich anbiete, draußen auf das Taxi zu warten, lässt er es nicht zu. Im Gegenteil, er bietet mir auch noch etwas zu trinken an. Überrascht stelle ich fest, dass er sich die verzehrten Getränke von Cybille und mir gemerkt hat. Der positive Eindruck von ihm verstärkt sich immer mehr. Meine gespielt zurückhaltende Art scheint in gewisser Weise seinen Beschützerinstinkt zu wecken. Eine Regung, die ich gewöhnlich nicht hervorrufe, vor allem nicht in meinem Job. Die Rolle, die ich spiele, gefällt mir von Stunde zu Stunde besser. Es ist fast ein wenig bedauerlich, dass sie in ein paar Minuten enden wird. Der heutige Abend wird jedoch definitiv nicht der letzte sein, den ich hier verbringe – dessen bin ich mir bereits sicher.

Die Wartezeit auf das Taxi vergeht damit, dass Lance weiter aufräumt und ich ihm dabei zusehe. Zum Abschluss seiner Tätigkeit will er noch kurz in den Keller, verspricht aber, sofort zurück zu sein. Mein Weg führt mich in dieselbe Richtung, als das Taxi vorfährt und ich Lance Bescheid geben möchte. Nach meinem Ruf in das Untergeschoss höre ich dort etwas rumpeln, gefolgt von einem Schmerzensschrei.

›Verdammter Mist, was ist denn jetzt passiert?‹

Besorgt steige ich die Treppe hinab und kurze Zeit später wieder hinauf, um Eis zu holen. Die Beule am Hinterkopf von Lance schwillt an, er selbst ist ziemlich benommen. Dieser Zustand legt sich zum Glück recht schnell, was vermutlich daran liegt, dass ich die Stelle kühle.

»Geht es?«, erkundige ich mich, als sein Blick klarer wird. Er lobt meine zart agierenden Hände, schiebt mir dabei eine Haarsträhne hinters Ohr, was ein Schaudern bei mir auslöst. Als seine Fingerspitzen über meine Wange streichen und er mit dem Daumen die Unterlippe nachzeichnet, halte ich den Atem an. Es ist der perfekte Moment für einen Kuss…

Neben mir regt sich etwas, das mich aus meiner Traumwelt zurück in die Realität holt. Lance öffnet die Augen und sieht mich verschlafen an.

»Guten Morgen«, flüstere ich ihm zu. Nachdem er Worte zurückgebrummt hat, aus denen ich denselben Inhalt interpretiere, drücke ich ihm einen Kuss auf die Lippen. Er streicht mir im Gegenzug ein paar Haare hinters Ohr. Eine Geste, die mir auch heute noch einen angenehmen Schauer über den Rücken jagt – genauso wie beim ersten Mal.

»Wie schaffst du es, dass deine Augen um diese Uhrzeit

schon so verführerisch glänzen?«, fragt er mich vor dem nächsten Kuss.

»Ich habe von dir geträumt.«

»Hm«, grummelt er. Gleichzeitig schiebt er sich nah an meinen Körper heran. »Hoffentlich war es von dem Moment, als du in einem Hauch von Nichts in der Küche Weihnachtsplätzchen gebacken hast.«

Grinsend erinnere ich mich an den Tag, an dem mein Oberkörper letztlich vornübergebeugt auf dem Tisch lag, inmitten des Mehlstaubs und den Zutaten für die Garnierung der Plätzchen. Die Hände von Lance ruhten bei mir auf den Hüften, während meine sich an der Tischkante festklammerten. Die Rührschüssel tänzelte auf der Oberfläche der Holzplatte, als er mich von hinten nahm und immer wieder genussvoll in meine warme feuchte Höhle hineinstieß.

»Laut Rezept sollten für die dritte Sorte Teig zwei große Eier hinzugefügt werden. Ich hatte es kaum gelesen, da kamen sie auch schon in die Küche spaziert«, erwidere ich kichernd.

»Brauchst du jetzt zufälligerweise erneut zwei?«, erkundigt er sich. Im selben Augenblick fühle ich den Druck an meinem Oberschenkel.

›Holla, da ist jemand wach und bereit!‹

»Von diesen beiden Eiern bekomme ich niemals genug«, murmle ich. Meine Hand wandert dabei zur Körpermitte meines Freundes. Gleichzeitig spüre ich die Finger von Lance zwischen meinen Oberschenkeln, die ebenfalls zielsicher ihren Weg finden. Als er vorsichtig in mein Ohrläppchen beißt, stöhne ich auf. Unsere Hände gleiten über den Körper des anderen, die Fingerspitzen necken die empfindlichen Stellen. Als Folge beschleunigt sich der

Atem von Lance im gleichen Maße wie meiner.

»Ich liebe dich, vor allem an diesem besonderen Tag«, haucht er mir ins Ohr. Die Worte zaubern mir ein strahlendes Lächeln auf die Lippen. »Zwei Geschenke warten auf dich. Eines im Kleiderschrank und eines direkt vor dir. Welches möchtest du zuerst?«

Einer verbalen Antwort von mir bedarf es nicht. Ich öffne lediglich meine Schenkel, damit ist der Weg des ersten Geschenks vorgezeichnet. Kurz bevor er sich in mich versenkt, wispere ich ihm zu, dass ich ihn ebenfalls liebe.

Lance an meiner Seite, der Liebesschwur, seine geschickten Finger, die verspielte Zunge – ich liebe alles an ihm, für immer.

ENDE

# BISHER VON DER AUTORIN ERSCHIENEN (SCHICKSALSREIHE)

*Schicksalhafte Begegnungen – Fateful encounter*

Im Mittelpunkt des Geschehens stehen zwei sehr unterschiedliche Familien.

Die eine ‚reich und berühmt' – die andere aus der Mittelschicht, ohne Beachtung in der Öffentlichkeit. Die Harpers leben in Bel Air und sind Inhaber einer Klinik. Die Morgans leben im Valley und halten sich finanziell gerade so über Wasser.

Die Familien bekommen Kontakt zueinander, als Vincent Harper und Natessa Morgan sich treffen. Sie kennt ihn aus den Zeitungen und schwärmt heimlich für ihn, er beachtet sie anfangs kaum.

Durch das Zusammentreffen der Sprösslinge entstehen Verwicklungen, Verwirrungen sowie ein ziemliches Gefühlschaos. Dabei bleiben die beiden nicht die einzelnen Familienmitglieder, die aufeinander treffen.

Alles in allem geht es auf rund 520 Seiten um Liebe, Verwicklungen, Intrigen, Herzschmerz und Spannung.

Teil 1 der Schicksalsreihe (Trilogie)

# DANKSAGUNG

Ich danke meinen Testlesern, die mich wieder einmal durch eine Geschichte begleitet haben. Eure Rückmeldungen und Anmerkungen haben mir auch dieses Mal sehr viel Spaß gemacht und eine Menge Motivation geschenkt.

Ein weiterer Dank geht an Anna, die sich die Geschichte angesehen hat. Das Aufdecken so manches Rechtschreib-, Grammatik-, Interpunktions- oder sonstigem Flüchtigkeitsfehler hat geholfen, die Restarbeiten der abschließende Durchsicht im Korrektorat gering zu halten.

# IMPRESSUM

Mareile Raphael

c/o Papyrus Autoren-Club,

R.O.M. Logicware GmbH

Pettenkoferstr. 16-18

10247 Berlin

Tel.: 030 / 49997373


Homepage

http://mareileraphael.de


Facebook

https://www.facebook.com/mareile.raphael


E-mail

mareile (at) mareileraphael.de

Printed in Poland
by Amazon Fulfillment
Poland Sp. z o.o., Wrocław